一つ年上で姉の友達の美人先輩は俺だけを死ぬほど甘やかす。

結乃拓也

ファンタジア文庫

3457

口絵・本文イラスト　葛坊煽

「唇じゃなかったら、
べつにどこにキスしたっていいんだよね？」
一つ年上で姉の友達の美人先輩は俺だけを死ぬほど甘やかす。
Hitotsu Toshiue de Ane no Tomodachi no Bijin Sempai wa Oredake wo Shinuhodo Amayakasu.

contents

一つ年上で
姉の友達の
美人先輩は
俺だけを死ぬほど
甘やかす。
Hitotsu Toshiue de
Ane no Tomodachi no
Bijin Sempai wa Oredake wo
Shinuhodo Amayakasu.
Takuya Yuno
結乃拓也
Aoru Kuzumachi
イラスト／葛坊煽

——プロローグ

緋奈《あかな》先輩から見た俺は、言ってしまえば友達の弟、だった。

「あ、こんにちは」

「……うす」

たまに先輩が家に遊びに来るとぎこちない挨拶と会釈《えしゃく》を交わす程度で、あまりに美人すぎる先輩に萎縮《いしゅく》してしまってすぐ部屋に逃げてしまう俺はまともに会話すらしたことがなかった。

そうやって月日を重ねる毎《ごと》に、いつからか俺の中で先輩はただの姉の友達、という認識が定着していった。

俺と先輩は姉ちゃんを挟んだだけの知り合い。

お互いに顔見知りではあるけれど、でも会話するほど仲睦《なかむつ》まじい関係ではない。

それが、俺と先輩の関係。

けれど。

あの日を境に、俺と先輩のそんな曖昧《あいまい》な関係が変わっていって。

少しずつ。

少しずつ。

俺だけに微笑《ほほえ》みかけてくれる彼女に惹《ひ》かれていって。

重ねる会話と繋《つな》いだ手にそれまで必死に閉じ込めていた想《おも》いをこじ開けられて。

そして気がつけば。

俺は、ずっと自分の中で憧れの存在だった先輩といつの間にかこんなことをする関係になっていた――

「ふふっ。どう？　しゅうくん。私の膝枕の心地は？」

「ふぁぁぁぁ」

まだ慣れないカノジョの家で、俺は言葉にし難《がた》い極上な枕を堪能《たんのう》していた。

男らしくない鳴き声をこぼす年下男子の蕩《とろ》けた表情を見て、己の太ももを提供した女性はご満悦げに微笑みを浮かべている。

「さ、最高です」

「ならよかった。甘えたい時はもっと遠慮せず甘えてね。どうやら私、しゅうくんを甘やかすのが好きみたい」

頭上で鈴を転がすような声が聞こえた。いつ聞いても安寧《あんねい》と心地よさをくれるその声音は、今日は年下の男の子をからかって楽しんでいるように聞こえる。

「甘やかすのが好きなんじゃなくて、からかうのが好きなんじゃなくてですか？」

「むぅ。そんな意地悪なこと言うしゅうくんにはもう膝枕してあげないよ？」

「嘘《うそ》です嘘！　もっと先輩に甘えたいです！」

「素直でよろしい。あ、でも先輩呼びは嫌だって言ったよね？　しゅうくん。私のことはなんて呼ぶんだっけ？」

可愛《かわい》らしいジト目を向けてくる緋奈先輩に、俺は照れくささに頬をほんのり赤く染めながら言った。

「あ、緋奈さん」

「よくできました。でもちょっと残念。やっぱりまだ名前で呼んでくれないんだ？」

「今はどうかこれで勘弁していただけないでしょうか！」

「本当は名前で呼んで欲しいんだけど、顔を真っ赤にするしゅうくんが可愛いので今はそれで満足してあげます。でも、たまには名前で呼んで欲しいな」

「ハードル高いなぁ！」

先輩の甘い香りが絶えず鼻孔を侵し、心臓は今にも爆発するんじゃないかと早鐘を打ち続けている。

憧れの先輩に膝枕をしてもらっている状況を、一ヵ月前の俺は想像できただろうか。いや、絶対にできない。そもそも先輩とこんな風に甘い時間を過ごすこと自体、想像すらしていなかった。

「しゅうくん。夕飯は何が食べたい？」

「え？　いや、俺あと一時間くらいしたら帰るつもりなんですけど」

「だーめ。今日はまだお家《うち》に帰してあげない」

「んなっ⁉」

「まだまだ今週頑張ったしゅうくんにご褒美《ほうび》あげないとね？」

にこっと笑う緋奈さんは宣言通り俺を帰すつもりはないらしい。

「ご褒美ならこの膝枕でお釣りがくるくらいです」

「こんなのしゅうくんがお願いしたらいつでもやってあげるよ。ほら、夕飯は何が食べたい？　しゅうくんが食べたいもの、何でも作ってあげる」

「超甘やかしてくるじゃないですか」

「だってしゅうくんともっと一緒にいたいんだもん」

「〜〜〜っ‼」

そんなこと言われて喜ばない男がこの世にいるかっ。

「……なんだこの人。可愛すぎる」

「聞こえてるよー」

「そこは聞いてないフリをして欲しいです」

「聞こえるように言ったんじゃないの？」

「言ってませんよ⁉　ただの独り言です！」

　緋奈さんは上機嫌に喉を鳴らす。俺は対照的にどっと深いため息を落とした。

「はぁ。先輩に勝てないなぁ」

「む。また先輩呼び」

「今のは独り言だから見逃してくださいよ」

「ふふ。だーめ。独り言の時もちゃんと私のこと名前で呼んでくれなきゃ。今のうちに癖をつけておかないと」

　ぷにぷにと俺の頬を優しく突《つつ》く緋奈さん。あぁくそ。いちいち挙動が可愛いの反則だろ。

　緋奈さんの一挙一動に振り回されながら、俺は今日も敗北を悟って彼女の提案を受け入れる。

「なら、夕飯は肉じゃがが食べたいです」

　リクエストすると緋奈さんは嬉《うれ》しそうに口許《くちもと》を緩めた。

「ふふ。畏《かしこ》まりました。それじゃあ、しゅうくんの頬が思わず落ちちゃうくらいのとびきり美味《おい》しい肉じゃが作ってあげるから期待してね」

「もうこの状況だけでだいぶお腹《なか》一杯なんですけど」

「私はもっと満足して欲しいな」

「これ以上俺を堕落《だらく》させて緋奈さんに何の得があるんですか？」

「しゅうくんを私のものにできる」

「もうなってます」

「嬉しい。でも、私はまだ足りないな。身も心も、しゅうくんの全部を私のものにしたい」

すらり。細く艶《なま》めかしい指が俺の頬を撫《な》でて、慈愛にわずかな狂気を孕《はら》んだ双眸《そうぼう》が俺を見つめながら言った。

「しゅうくん。もっと私に甘えて？」

「お、男には男のプライドってものがあるんです。先輩に甘え過ぎるのはよくないと俺の男の部分が抵抗してます」

「むぅ。意固地だなぁ。年下の男の子はお姉さんに甘える義務があると私は思うの！」

「ないですよそんな義務!?……はぁ、まさか、先輩がこんな性格だっただなんて」

「先輩、じゃないでしょ」

「……緋奈さん」

カレシの癖を矯正するカノジョは「よろしい」と口許を緩め、

「幻滅した？」

少し語勢が削《そ》がれた、不安を帯びた問いかけに、俺は視線だけ彼女に向けて答えた。

「するわけないじゃないですか。意外だと思っただけで、あ、緋奈さんに甘えるのは、好きなんで」

「──ふふ。じゃあ、もっと甘えて欲しいな」

「ぜ、善処します」

「うん。すごく期待して待ってる」

緋奈さんの微笑みは今日も俺を逃がさない。

緋奈さんが垂らす甘い蜜にまんまと嵌《はま》る俺はただの愚者。でも、その甘い蜜に毒はなくて、情けなく溺れることを許してくれる。

この小悪魔な先輩が俺をどこまで好きなのか、その本心はまだ分からない。それは俺たちの関係が歪《いびつ》だから。

俺と彼女の関係が『恋人』という定義に当てはまっていても、そこには（仮）が付くから。

『——好き。もう超好き』

それなのに。

この甘えさせ上手な先輩が、俺を勘違いさせる。

年下の男の子を弄ぶのが上手な先輩が、俺を先輩の虜《とりこ》にさせる。

先輩無しじゃ生きられない身体《からだ》に改造されていく。

「大好きだよ。しゅうくん。私無しじゃ生きられない身体にしてあげるから、覚悟しててね」

そう言って緋奈藍李《あいり》先輩は、天使のような微笑みの奥に小悪魔の一面を覗《のぞ》かせるのだった。

第1章【美人先輩と連絡先】

――1――


「うっわ最悪。すり抜けた」

俺の名前は雅日《みやび》柊真《しゅうま》。四月に高校に入学したばかりの一年生だ。

寝ぐせがあちらこちらに立つ黒髪。やる気のない死んだ目。気怠《けだる》そうな背筋。陰気臭い雰囲気が俺という生徒の全てを物語っている。

高校に進学したというのにイメチェンもしなければ心機一転も起きず、中学から、いや小学校から特に何も変わらず、万年やる気がないダメ人間として今日も退屈そうに生きている。

「せめてすり抜けても刻晴《こくせい》なら許せたのに」

「でた推し差別。どのキャラも平等に愛さないとまたすり抜けるよ?」

「はいざんねーん。次はピックアップ確定ですぅ」

まだシワ一つない、真新しくすこし袖が長い制服を着れば自分の中で何かが変わるかもしれない――なんてドラマチックな展開は起きるはずもなく。蓋《フタ》を開けてみればこれまでの平凡な人生と何ら変わらない高校生活を過ごしていた。

「この日の為《ため》に三ヵ月ガチャ禁したんだ。マジで頼むぞ運営。今回の新キャラはかなりぐっと来たんだから」

「神頼みは無課金、微課金の基本だよねー。僕もそろそろ引こうかな」

「お前もすり抜けろ」

「親友に対して容赦ないな」

「親友だからこそ、だろ？」

「言っとくけど全然嬉しくないからな」

中学の頃からの親友である梓川神楽《あずさがわかぐら》と毎日のようにソシャゲをしながらメシを食い、ラブコメも起きなければ青春なんて青臭い日々がやってくることもない、平凡で退屈で、けれどほどほどに充実している日々。

それが雅日柊真という、何の取柄《とりえ》もない人間の化石みたいな日常。

「ところで柊真は来月の一番くじはどうする？　引く？」

「そんなの一々聞くなよ。引くに決まってるだろ。……つっても、貧乏学生にリアルガチャ引く回数は限られてるからな。予算は５０００円。６回しか引けん。神楽は？」

「僕はスルー。今月もピンチ」

「けっ。美人カノジョ持ちのリア充様は忙しそうで羨ましい限りだよ。年中暇人の俺とはちげぇや」

「相変わらず皮肉屋だねぇ。そんなんだからモテないんじゃない？」

「余計なお世話だ」

「面《つら》だけはいいのにね」

「面だけ言うな。べつに顔もよくねぇよ」

進学して爽やかイケメン度具合が更に上がったコイツに言われても嫌味にしか聞こえない。

顔をしかめればそんな俺を見て神楽が悪戯《いたずら》小僧のようにケラケラと笑って「目死んでるもんね」と追い打ちをかけてくる。

「前髪上げて背筋をピンと伸ばすだけでも相手への印象はかなり変わって来ると思うよ？」

「俺はもう高校で青春送ることは諦めて平凡に暮らす方にシフトチェンジしたの」

「ふーん。カノジョ欲しくないんだ？」

「要らないとは断言しない。でも見てくれで付き合いたいとも思わんな」

「結構なロマンチストなことで。でも柊真の場合、その陰気臭さはなるべく早いうちに取り除いておかないとカノジョはおろか、高校でもまた周囲と孤立するよ？」

「神楽と柚葉《ゆずは》がいれば俺の高校生活は安泰《あんたい》だよ」

「はぁ。高校になってもお前のお世話係は継続ってわけか」

「今後ともお世話になりまーす」

世話が焼ける、と重たいため息を落とす神楽に今度は意趣返しとばかりに俺が悪戯小僧のような笑みを浮かべる。

中学から何も変わらず、親友と他愛もない会話を重ねていると、

「あっ。しゅうじゃーん」

「……姉ちゃん」

中庭で神楽と駄弁《だべ》る俺の耳に聞き慣れた声がして、気付いた俺は自然と視線をそちらに移した。

声がした方向へと振り返ってみれば、そこには咲《さ》き誇《ほこ》る美しき二輪の華が並んでいた。

まるで、向日葵《ひまわり》と青薔薇《あおばら》のような二人だった。その内の一輪。向日葵のような少女は俺の実姉だ。名前は雅日真雪《みやびまゆ》。客観的に見ても家族贔屓《かぞくびいき》で見ても愛らしい顔立ちをしている。

天真爛漫《てんしんらんまん》な少女だ。

やっほー、と手を大振りする姉ちゃんに、俺はひらひらと小さく手を振り返す。

「元気にやってるかー。我が弟よー！」

「やってねー」

「我が弟ながら今日も根暗極めてるねぇ。もう午後だぞー！　そろそろ目覚ませー！」

「姉ちゃんが元気過ぎるんだよー」

家族ならでは、姉弟《きょうだい》ならではの会話が中庭に木霊《こだま》する。そんな俺たちの会話を、もう一輪の華が淑《しと》やかな笑みを咲かせながら聞いていた。

「相変わらず弟くんと仲いいね」

「愚弟《ぐてい》だから放っておけないんだよねー」

「真雪はいいお姉ちゃんだね」

「ふっふーん。そうでしょ」

遠くで何故《なぜ》かふんぞり返っている姉は意図的に無視して、俺は青薔薇のような少女を見つめる。

彼女は俺の姉の友達、いや親友だ。名前は緋奈藍李《あかな》さん。名前からしてもう可愛《かわい》いが、先輩はそれだけに留《とど》まらない。

腰まで届く艶《つや》やかな黒髪。

長いまつ毛の下には蒼海《そうかい》を彷彿《ほうふつ》とさせる紺碧《こんぺき》の瞳が塡《は》められている。

小さく整った鼻梁《びりょう》に淡くも鮮やかな唇。

新雪のような白い肌。制服の上からでも分かるモデル顔負けの抜群のスタイル。首から下の豊満な胸と艶《なま》めかしい脚は常に制服と白のニーハイソックスに包まれており、彼女の魅惑《みわく》の生肌を男が覗けることは決してない。

容姿端麗《ようしたんれい》で成績優秀。才色兼備な学年一——否《いな》、校内一の美女。それが、緋奈藍李先輩だった。そして、彼女こそが俺が最も憧れる先輩……まぁ、俺の事情はどうでもいいか。

そんな仲良し美人二人で有名な俺の姉と緋奈先輩。俺にとっては羨ましいほどに眩《まぶ》しい二人。

「じゃあ午後の授業もちゃんと受けるんだぞ、しゅう！　それと神楽くんも元気でね！」

「はい。ありがとうございます」

「姉ちゃんはあんまはしゃぎすぎんなよー」

「余計なお世話だー！」

姉と緋奈先輩がこそこそと話す。おそらくは先約か、或《あ》いは別の用事が控えているのだろう。こくりと頷《うなず》いた姉がもう一度俺に大きく手を振ると、俺はそれに今度は敬礼で返した。姉ちゃんはふざけた俺にケラケラ笑って、その隣では緋奈先輩が口許《くちもと》を緩めていた。

「じゃあね、雅日くん」

「——っ」

ここからでは遠くて聞こえない。ただ、大きく手を振る姉の隣で緋奈先輩が何かを告げるように口を動かして、淑やかに手を振った。俺は、それに思わず息を呑んだ。

硬直。俺の強張《こわば》った筋肉が弛緩《しかん》したのは、姉と緋奈先輩が俺から視線を切り、話しながら歩き出した時だった。

遠く、離れていく背中。揺蕩《たゆた》う燦然《さんぜん》とした美しい黒髪を眺めながら、小さな吐息を漏らして呟《つぶや》く。

「——緋奈先輩。今日も綺麗《きれい》だったなー」

姉の親友である彼女は、中学からずっと俺の憧れの存在。

遠く。遠く。彼女は決して届くことのない、高嶺《たかね》の花で。

「おーい。柊真？　生きてる」

「勝手に死なすな」

「ほんと、化石みたいな生き方してるねぇ」

「うっせ。俺はこの生活気に入ってるんだよ」

「嘘吐《うそつ》き」

「…………」

姉ちゃんの隣に居る高嶺の花が時々こちらに振り向いてくれる瞬間が、この退屈で鬱屈した日常を過ごす俺にとっての密《ひそ》やかな楽しみだった。


――2――


「――はあ⁉」

ある日の放課後。まだちらほらとクラスメイトが残る教室で俺は素っ頓狂な声を上げた。

教室に飛び交う雑談が掻《か》き消えるほどの声量に全員がビクッと肩を震わせて、何事かと一斉に俺の方に振り返る。懐疑的な視線に気まずさを覚えながら、俺は身を屈《かが》めると電話を掛けてきた相手との通話を再開した。

「緋奈先輩の見舞いに行けって、どういうことだよ⁉」

『そのままの意味だよん』

「だよん、じゃない！」

呑気《のんき》に語尾を弾ませる通話相手――実姉である真雪姉ちゃんに、俺は荒れたツッコミで返す。

真意が全く読めない姉に困惑する俺に、電話を掛けてきた挙句に意味不明な命令まで出してきた姉は改めて告げた。

『さっきも言ったけど、藍李《あいり》、今日熱でちゃったみたいで学校休んだの』

「それはもう聞いた」

『それで放課後お見舞いに行こうと思ったんだけど、タイミング悪く急に生徒会の仕事が入っちゃって行けそうにないの』

「それで？」

『それでしゅうに私の代わりにお見舞いに行ってもらおうと思い、急遽《きゅうきょ》こうして電話したわけさっ!!』

「なんでだよ!?」

改めて俺が抜擢《ばってき》された経緯を聞き、そして盛大にツッコんだ。

「だったら俺じゃなくて姉ちゃんと同じクラスの人に代わりに行ってもらえばそれで済む話だろ！　なんでそこで俺が抜擢されるんだ！　人選不明にもほどがある！」

『生憎《あいにく》クラスの中で藍李のお見舞いを安心して任せられる友達が今日はもう部活なりバイトなり予定があって帰っちゃったんだよね〜。とはいえクラスの男子にお願いなんて到底できないし』

「俺も男ですけど⁉」

『藍李になんかしたらたとえ血の繋《つな》がった愛《いと》しの弟でも処刑するよ？』

「し、しねえよ、なんにも」

珍しく姉ちゃんのドスの利《き》いた声を聞いて、不覚にも狼狽《うろた》えてしまった。

一瞬流れた気まずい空気はしかしすぐに霧散し、

『クラスに私の親友の看病を任せられるような信頼できる人がいないとなると、もう切り札《弟》を使うしかないのよ。しゅうなら私も信用できるから』

「だからって……俺、緋奈先輩とまともに話したことないんだぞ」

『でも何度も顔は合わせてるでしょ』

「それはそうだけど……」

たしかに緋奈先輩はたまに俺の家に遊びに来る。しかし、それは俺に用事があるわけではなく、姉ちゃんと遊ぶ為《ため》に来ているからだ。

姉ちゃんの言う通りたしかに緋奈先輩とはそれなりに面識はある。が、家ですれ違った際に挨拶を交わす程度でそれ以上の交流はない。

つまり、だ。

「ほぼ赤の他人が見舞いに来るとか、控えめに言ってその状況、地獄だろ」

『大丈夫大丈夫。しゅうは私の弟だから。事情さえちゃんと説明したら、藍李なら家に上がらせてくれるはずだから』

「楽観的すぎる……」

　この姉、実に大雑把である。

　自分の弟だから安全だなんてよく言い切れるもんだ。俺だって男。なんなら思春期真《ま》っ只中《ただなか》で当然そういうことに興味があるお年頃なのに。

　しかも相手は病人。弱ってるところを狼《おおかみ》のようにガブッと襲う――まぁ、実際そんな馬鹿な行動を起こす気も度胸もないけど。相手が緋奈先輩なら俄然《がぜん》。

「はぁ。分かったよ。行けばいいんだろ」

『ほんと⁉　行ってくれるの⁉』

「俺以外頼れる人がいないんだろ？　正直、俺に任せるのもかなりアレとは思うけど」

『そこはしゅうを信用してるから。それに、身内ならある程度行動の制限も掛けられるでしょ』

「英断だよ」

『へっへ～。そうだろ～。賢いお姉ちゃんをもっと褒めていいんだよ？』

「浮かれんな」

ちょっと褒めただけですぐに調子に乗る姉ちゃんにぴしゃりと釘《くぎ》を刺しつつ、

「見舞い。行くのはいいけど緋奈先輩の家がどこにあるか知らないから、住所あとでLINEに送って」

『りょーかい。電話切ったら藍李が住んでるマンションの位置情報、転送するよ』

「ん。ありがと」

短くお礼を伝えると、姉ちゃんから『こっちこそワガママに付き合ってくれてありがとね』と感謝が返ってきた。

『ヤバ。そろそろ生徒会行かないと遅刻する！　それじゃあしゅう、藍李のことよろしくね！』

「はいはい。姉ちゃんも気を付けてな」

最後に注意を一つ入れて姉ちゃんとの通話を終える。その数分後にLINEに姉ちゃんから『これが藍李の住んでるとこ！』、『214号室ね！』とメッセージとマップのリンクが一斉に送られてきた。

「はぁ。マジで今から行くのか」

承諾してしまったからにはもう引き返す選択肢はないが、足が竦《すく》む。

それでも椅子から立ち上がって、リュックを背負うと、意を決して教室を出て行く。

向かう先は姉ちゃんの親友。俺にとっては憧れの先輩。その自宅。

「とりあえず、緋奈先輩の家に行く前に、ドラッグストア寄ろ」

かくして、俺は急遽、憧れの先輩のお見舞いに赴くこととなったのだった。


学校を出て途中でドラッグストアに寄り、電車に揺られること約三十分。

「ポカリにインゼリー。一応薬とそれから栄養ドリンク。プリンにゼリー。あと冷えピタ。お腹《なか》空いてる可能性もあるから念の為レトルトのお粥《かゆ》も買ったけど、これで足りるかな？」

目的地となる高層マンションに着き、エントランスに向かおうとする足を一度止めて俺はパンパンに詰まったレジ袋の中身を確認していた。

相手は姉ちゃんの親友で学校一の美女。粗相など万が一にもあってはならないので見舞いに必要なものは多めに買ったつもりだけど、やはり不安は尽きない。

「はぁ。足りなかったら詫《わ》びよ」

諦念にも似たため息を吐《つ》いたあと、俺は覚悟を決めて止めていた足を進めた。

ほどなくしてエントランスに入るとすぐに各部屋に繋がる集合玄関機《インターホン》を見つけて、姉ちゃんから教えてもらった緋奈《あかな》先輩の部屋番号を呟きつつパネルに数字を入れて、軽く息を整えたあとに呼出ボタンを押した。

「えーと、２１４、と」

すると数秒後。

『はい？』

「うえっ⁉　（いきなり先輩本人が出てくんのかよ⁉）」

スピーカー越しに緋奈先輩の声が聴こえた。

出てきたのがご両親ではなくいきなり本人だったから意表を突かれ、驚きのあまり変な声がもれてしまった。

「雅日《みやび》柊真《しゅうま》です。真雪《まゆ》の弟の」

『雅日くん⁉』

名前を告げると先輩が驚いたように声を上げた。そりゃ親友の弟がいきなり家に押しかけてきたんだから戸惑うわな。

俺は先輩に同情しつつ、

「その、姉ちゃんから先輩のお見舞いに行けと命令……お願いされまして。なので、分不相応だとは重々自覚しておりますがお見舞いに馳《は》せ参じました」

『そうなのね。私、真雪から雅日くんが来るなんて連絡もらってないんだけど』

「……あのズボラめ」

　俺を親友の見舞いに送り込むなら連絡くらいしておいてくれよ姉ちゃん。

　そんな愚痴を胸裏で吐きつつ、

「うちの姉がすいません」

『ううん。雅日くんは何も悪くないわよ。それにわざわざお姉さんの代わりにお見舞いに来てくれてありがとう。今エントランスのロック解除するから少し待ってて』

「あ、ありがとうございます」

　ぎこちなく返事をするとその数秒後にエントランスの扉が開いた。

　しっかし、出入り口から薄々察しはついてたけど、やっぱり高級感がエグい。

　大理石調のフロアに傷一つない壁面。右を向けばフロントがあって、左を向けば宅配ボックスが設備されている。

　インターホンもよくよく見ると鍵穴式のものではなくカードキー式。おまけにエントランスを抜けるには住人の許可が必要ときた。

　徹底された厳重な防犯設備に思わず感嘆の吐息がこぼれる。……家賃めっちゃ高そー。

『部屋の前に来たら一度インターホン鳴らしてくれるかしら』

「分かりました」

先輩の声に慌てて景観観察からインターホンへ向き直り、ぎこちなく相槌《あいづち》を打つ。

『あ、そうだ部屋番号……はエントランスで呼び出せたんだから分かるわよね？』

「はい。ここに来る前に姉ちゃんに教えてもらったので」

『そっか。ならまた後でね』

「はい」と返事して、通話が切れる。

「インターホン越しとはいえ、こんなに先輩と長く話したの初めてだ」

あの憧れの先輩と話したんだと、実感が遅れてやってくる。胸の内には嬉《うれ》しさやら緊張やら色んな感情がごちゃ混ぜになって、しばらくインターホン前から足が止まって動けなかった。

「……スピーカー越しでも、先輩の声綺麗《きれい》だったな」

銀鈴が鳴るような透き通った声を思い出すと胸がざわついた。控えめに言ってずっと聞いていたくなるような声だった。先輩のＡＳＭＲが５０００円で売ってたら絶対に買ってる。

「っと、こんなところで油売ってる場合じゃないな。早く行かなきゃ」

どうせなら囁《ささや》き系がいいなぁ、と下らない妄想は早々に切り替えて、俺は急ぐようにエントランスを抜けた。やたらと広く豪華なロビーを見渡しながら足を進めて、各階層に繋がるエレベーターへ向かう。

緋奈先輩が住んでいる階層をフロアマップで確認。それからようやくエレベーターに足を踏み入れた。

「あと少しで先輩の部屋と思うと、落ち着かねぇ」

ごわんごわん、と静かな移動音を立てながら上昇していくエレベーターとは裏腹に、俺の心臓は騒がしさを増すばかりだった。

間もなくしてエレベーターが止まり、扉が開く。出て左側の最奥《さいおう》の部屋が緋奈先輩が住んでいる部屋。

「平常心。平常心」

一歩。進むたびに緊張感が増していく。ただのお見舞い。されど、相手は学校のマドンナで俺の憧れの先輩。

なんて烏滸《おこ》がましい真似《まね》をしてるんだろうと自己嫌悪《じこけんお》感が徐々に増していく。緊張のあまり吐き気と眩暈《めまい》までし始めた。

それでも足を止めないのは、引き返さないのは、逃げないのはなんでだろうか。

姉ちゃんに任された責任感？　一度引き受けてしまったものから来る義務感？

たぶん、どれもそうで、どれも違う。

「……風邪引いた時は誰も辛《つら》いからな」

手に握るレジ袋を見つめて、ぽつりと呟《つぶや》く。

きっとそれが、俺が姉ちゃんの命令を受諾して、ここに来た理由なんだろう。

まぁ、緋奈先輩からすれば、親友の弟が突然家に押しかけたという珍事態なんだろうけど。

「せめて、病人の前でゲロ吐きませんように」

足を止めて辿《たど》り着いた扉の前。そこで微苦笑を浮かべてから、俺は震える手でインターホンを押した。

インターホンを押して数秒後。ガチャリ、と施錠《せじょう》が解かれる音とともに扉が開いた。

咄嗟《とっさ》に背筋がピンと伸びて、心臓がドクン、と一段と強く跳ね上がった。

ごくり。と生唾を呑《の》み込んだのと人影を捉えたのはほぼ同時——開いた扉から、女神が降臨した。

「いらっしゃい。雅日くん」

「こ、こんにちは。緋奈先輩」

女神と、そう呼んで何ら遜色《そんしょく》ない美女が淑《しと》やかな笑顔で出迎えてくれて、俺は無意識に強張《こわば》る頬でどうにか無理やり笑顔を作って挨拶を交わした。

ぎこちなく会釈《えしゃく》をして、それから視線が自然と緋奈先輩の格好に向いた。

たぶん、今日は一日部屋で安静にしていたのだろう。格好はパジャマにカーディガンを羽織ったラフなスタイル。部屋着、というより寝間着に近かった。

顔色を窺《うかが》うと思ったより元気そうで安心した。でも、どことなく辛そうにも見えて、やっぱり急に押しかけたのはよくなかったと胸裏で反省する。

「(姉ちゃんからの命令さっさと遂行して帰ろ)」

恋人でもなければ友達でもなく全くといっていいほど赤の他人に見舞いに来られても迷惑なだけだろう。そう判断して、俺は手短に用件を済ますことにした。

「あの、これお見舞いの品です」

「わぁ。ありがとう……こんなにたくさん買ってきてくれたんだ⁉」

スポーツドリンクやらゼリーやら、風邪の時にあって嬉しい物がぎゅうぎゅうに詰まったレジ袋を手渡されて緋奈先輩がぎょっと目を剝《む》く。

「途中で何を買えばいいのか分からなくなって、それで、とりあえず風邪を引いた時はこれだろって物、全部買いました」

「あはは。ほんと、いっぱい買ってきたね」

どうしよう。緋奈先輩がちょっと引いてる。自分でもレジに並んでる時に「買いすぎたなこれ」と思ったけど、足りないよりはマシかと判断して買ったのが結局仇《あだ》になってしまった。

やはりもう少し吟味《ぎんみ》して買うべきだったか、そう一人後悔していると、

「でも、きっと私の為《ため》を思って真剣に選んで買ってきてくれたんだよね。ふふ。嬉しい」

「――っ」

不意打ちに咲いた小さな笑みが、一瞬にして後悔を歓喜へと塗り替えた。

それはズルイです。先輩。

我ながら単純だと苦笑する。でも、緋奈先輩の微笑《ほほえ》みにはそれだけ卑屈気味な心を肯定させる力があって、間違いを正解だったと錯覚させる不思議な力があって。

いつも、遠くから羨望《せんぼう》して見ていた緋奈先輩の柔らかな微笑み。それを間近で拝めただけで、ここに来た甲斐《かい》があったと、そう思えてしまって。

「その、えっと、それじゃあ、俺はこの辺で帰ります」

「え」

お見舞いの品も渡せたし、緋奈先輩の無事も確認できた。万全ではないだろうけど、会話できる余裕はありそうだし、思ったよりも元気そうだ。相変わらず辛そうには見えるものの、親友の弟がこれ以上でしゃばるような真似をしても申し訳ないと思って早々に踵《きびす》を返そうとした時だった。

「もう帰っちゃうの？」

きゅ、と制服の袖を抓《つま》まれて、寂しそうな声音に退いた足がその場で止まった。か細く震える紺碧《こんぺき》の双眸《そうぼう》がまるで「行っちゃヤダ」と訴えてくるかのように俺を見つめてくる。

「は、はい。休んでる所にお邪魔するのもなんか悪いですし」

「私の為にわざわざ家まで来てくれたんだからせめてお礼くらいはさせて欲しいな」

「いやいや！　先輩は病人なんですから、お礼なんてしなくていいんですよ」

「たしかに手厚いおもてなしはできないけど、でも、もう少しだけでいいから、一緒にいてくれると嬉しいな」

「〜〜〜っ！」

なんですかその可愛《かわい》いお願いの仕方！　そんな引き留められ方されて断れるわけないじ

ゃん！

「で、でも……」

「――じぃぃ」

ちくしょぉぉぉぉ！　そんな目で見つめないで余計に断りづらくなっちゃう！

雨に濡《ぬ》れた捨て犬のようなつぶらな瞳が庇護欲《ひごよく》をそそるように。先輩の潤む瞳に見つめられ続けること数秒。

「わ、分かりました。少しだけ、お邪魔させていただきます」

「本当⁉」

「先輩にお願いされて断る方が無理です」

遂《つい》に根負けして頷《うなず》けば、先輩はそれまでの弱々しい表情が嘘《うそ》だったかのようにぱっと顔を明るくさせた。

人に会えなくてよほど心が弱っていたのだろうか。親友の弟が部屋に上がるだけでここまで喜ばれるなんて思いもよらなくて俺はほんのわずかに呆気《あっけ》に取られる。

それからはしゃぐ先輩に催促されて、俺は胸裏で「まさかこんな形で先輩の家に上がるとは」と言い知れぬ感慨《かんがい》とほんのちょっと罪悪感に苛《さいな》まれながら玄関に入った。

「あ、それ。重たいのにずっと持たせてすいません。俺がリビングまで運びます」

「平気だよ。私、雅日《みやび》くんが想像してるほど柔《やわ》な女じゃないから。これくらいどうってことないよ」

宣言通り軽くレジ袋を持ち上げてみせた先輩。

とはいえやはり病人に荷物を持たせるのは気が引けたが、無理やり奪取《だっしゅ》するのもよくないと判断してここは渋々ではあるがこのまま緋奈《あかな》先輩に持ってもらうことにした。

そんなやり取りを廊下で交わしつつ先輩の背について行くと、ほどなくしてリビングに到着した。

「ひろっ！」

リビングに入ってすぐに、思わずそんな感想がぽろっと口からこぼれてしまった。

ぱっと見で30畳はありそう。正面にはいかにも高級そうなソファーに家電量販店で展示されている所しか見たことがないやたらとデカいテレビがある。そのソファーとテレビの間には漆塗《うるしぬ》りが施された何十万もしそうなテーブルが置かれている。

右を向いても左を向いても高級そうなものばかり置かれていて、途端に俺がここにいる場違い感が凄《すさ》まじく思えて萎縮《いしゅく》してしまう。

圧巻の景色に茫然《ぼうぜん》と立ち尽くしていると、ふと隣からくすくすと笑い声が聞こえた。

「ふふ。雅日くんのその反応。お姉さんと一緒だ」

「え？」

先輩は俺と姉ちゃんを重ねるように双眸を細めて言った。

「真雪《まゆ》もね、初めて私の家に遊びに来た時にそんな反応したんだ。ひろっ⁉ って驚きながら茫然としてた」

やっぱり姉弟《きょうだい》って似るんだね、そう言って笑う先輩に、俺はむず痒《がゆ》くなって頬を掻《か》いた。

「似てるのは反応だけで、性格は真反対ですけどね」

「そうかな。私は二人の性格も似てると思うよ。真雪も私が体調崩すと心配してよく飲み物とかのど飴《あめ》くれるの。こんな風にね」

「……っ」

俺と姉ちゃんが似ていることを強調するかのように、緋奈先輩は手に持っているそれを掲げた。それは、俺が病気で寝込んでいるであろう先輩を心配して色々と買った結果パンパンになったレジ袋で。

また、照れずにはいられない指摘をくらって、俺は照れ隠しに頬を掻く。

「真雪が言ってた通り、雅日くんて優しくて思いやりに溢《あふ》れた子なんだね」

「～～～っ⁉　……そ、そんなことありません」

「ええ？　絶対にキミは優しい子だよ」

向けられた微笑みに俺の羞恥心が耐え切れずに表情が決壊した。ボッと一瞬で顔が真っ赤に染まって、心臓が今にも爆発しかけるほど早鐘を打つ。

先輩はきっとありのままに感想を告げただけで、そこに他意なんてものは一切ないのだろう。だから、どうして隣にいる後輩が顔を真っ赤にしているのか全然理解してなくて小首を傾《かし》げている。

……完全に友達の弟としか見られてないな。

『そりゃそうだろ。先輩にとって事実俺は姉ちゃんの弟で一個下の後輩。恋愛対象として見られるはずがない』

緋奈先輩みたいな大人びた女性には年上か同年代の超イケメン様がよく似合う。こんな性根が腐っていて年中やる気のないダメ男が彼女の隣に相応《ふさわ》しいわけがない。

どうやら恥ずかしいことに家に上がった程度で相当浮かれていたみたいで、俺は小さくかぶりを振って気持ちを切り替える。思い上がるのは程々に。俺がここに来た意味を思い出せ。そう自分に言い聞かせると、騒がしかった心臓もいくらか落ち着きを取り戻した。

「おっと。お客様をいつまでもリビングに立たせるのは悪いわよね。雅日くん。適当にくつろいでて。いま紅茶淹《い》れてくるから」

「本当に無理しないでください。先輩、体調崩されてるんですよね？」

「心配してくれてありがと。でも平気だよ。薬飲んで一日休んだらだいぶ楽になったから。お客様にお茶を淹れられるくらいには元気になったのよ？」

「はは。ならお見舞いに来なくてもよかったですかね」

「むぅ。そんな寂しいこと言わないで欲しいな」

「す、すいません」

——浮かれてはいけない。

さっき自分に言い聞かせたばかりなのに。それなのに、先輩の言葉が俺を惑《まど》わす。

「雅日くんが来てくれて、私すごく嬉《うれ》しかったんだから」

「——っ！」

弾むな鼓動！

先輩の言葉に他意はない。それ以上は期待しちゃいけない。

俺と先輩は姉ちゃんを挟んだだけの関係で、誰もが羨むような甘い関係性じゃない。

これを機に先輩と距離を縮めたい。なんて邪《よこしま》な感情をここに来るまでに一度でも思わなかったといえば嘘になる。

でも、こうして先輩と間近で話して痛感した。

俺には先輩とこれ以上の関係になる勇気なんてこれっぽっちもないのだと。

俺にとって緋奈先輩はいつまでも憧れの存在。羨望の対象。崇拝すべき人。

遠くで眺めるくらいが丁度いい——それなのに。

「？　どうかした？」

「……いえ。なんでもありません」

ほんのわずか。少しでも勇気を振り絞れたら、自分なんかでも可能性があるかもしれないと勘違いしてしまいそうで。

そんな己惚《うぬぼ》れる自分に心底嫌気が差して、必死にざわめく心を落ち着かせる。緋奈先輩には絶対に悟られないように。

「そうだ。今更だけど、紅茶は飲める？　それとも雅日くんはコーヒーの方が好き？」

「紅茶で大丈夫です」

「分かったわ。それじゃあ、少しだけ待っててね」

「はい。ありがとうございます」

「お礼を言うならこっちの方よ。今日は本当に来てくれてありがとう。おかげでもっと元気になったよ」

「はは。俺の精気ならいくらでも吸ってください」

「あはは。私は吸血鬼じゃないわよ？」

束《つか》の間に交わす微笑み。先輩から向けられたその柔らかな笑みを、俺はそんなもの何の意味もないと自分に言い聞かせるのに必死で、その後の紅茶の味はおろか、会話の内容すらろくに覚えていなかった。

―― 3 ――

緋奈先輩のお見舞いから一夜明けた、その日の学校にて。

「………………」

「ねぇ、どうしたのしゅうのやつ。呆《ほう》けた顔で外なんて眺めて」

「さぁ。でもいつもこんな感じじゃん。柚葉《ゆずは》が気にするようなことは特にないと思うけど」

「うーん。たしかにしゅうの表情っていつも死んでるから分かりづらいけど、今回は何かある気がするんだよねぇ」

「流石《さすが》は柊真《しゅうま》のお世話係だね。どんな些細《ささい》な変化にも気づくとは恐れ入るよ」

「それ中学の時からずっと言われてるけど全然嬉しくないからね。あと、それを言うなら神楽《かぐら》の方が私より先にしゅうのお世話係って周りに言われてたじゃん」

なんとも心外な会話がすぐ傍《そば》で聞こえる休み時間。

この時間になると定期的に俺の元に集合してくるのは、親友の二人だ。一人は爽やかイケメンこと神楽。そしてもう一人は女子の清水《しみず》柚葉。

柚葉のことを説明しておくと、同じ中学出身で俺と柚葉は部活が一緒だった。まぁ、いわゆる腐れ縁というやつだ。

明るい茶髪のショートに猫のようにくりくりとした丸い琥珀《こはく》色の瞳。胸は淑《しと》やかで背も小柄だが、やはり元運動部なだけあって全身はすらっとしていて、引き締まっている所は引き締まっているので客観的に見て魅力ある身体《からだ》をしていると思う。

顔立ちも可憐《かれん》で愛らしいので、すでにクラスの男子から人気を集めている。活発で明るい性格、というのも人気の高さに含まれるのだろう。

そんなカースト上位の柚葉と俺がなぜこれほど仲が良いのかと一部に懐疑的な視線を向けられもするが、中学から築いた関係を他人にとやかくいわれる筋合いはない。互いに大切な存在として……まぁ、俺は二人無しじゃ生きていない中学生活を送ってたから柚葉と神楽はさぞ迷惑してただろうけど、とにかく俺にとって柚葉は大切な親友なのだ。……ときどき鬱陶《うっとう》しいけど。

「ねー。どうしたのさしゅうー。ぽけーっとした顔で外なんか見て。もしかしてゲームに課金しようか迷ってるの？　変な散財の仕方は止《や》めたほうがいいよ？」

「たしかに最近神ゲーが多すぎて月額課金増やそうか悩んでるけど、べつにそんな理由で景色見てたわけじゃねえよ」

俺の頬を突《つつ》きながら柚葉が続けて訊《たず》ねてくる。

「で、なんでぼーっとしてたの？」

「べつに。なにも」

「嘘《うそ》。絶対何か隠してるでしょ」

「なんで分かるんだよ」

「そっちこそなんで隠し通せると思ったのさ。私が何年しゅうのお世話係やってきたと思ってるのさ」

「…………」

ジト目で追及してくる柚葉にバツが悪くなって、俺は逃げるように視線を逸《そ》らした。

「（昨日のこと、二人に話しても構わないけど、面倒だから止めておくか）」

二人を信用してないわけでもないけど、言えば絶対に根掘り葉掘り昨日の状況を吐かされると悟ってここは黙っておくことにした。

「本当に何でもない。ただぼーっとしてただけ」

「ほほぉ？　あくまで白を切るつもりか。そんなやつはこうしてやる！」

「ハッ！　その程度の攻撃で俺が口を割るとでもおもっへんのはぁ」

「ふふ。しゅうはこの猛攻にいつまで耐えられるかな？　うりゃりゃりゃ！」

黙秘を続ける俺に痺《しび》れを切らしたのか、柚葉刑事がいよいよ強行手段に出た。

頰を突くから引っ張ったりこねたり、全く痛くも痒《かゆ》くもない攻撃に俺は余裕綽々《よゆうしゃくしゃく》の顔で耐え続ける。

俺と柚葉にとっては中学から続くいつものじゃれ合い。けれど、その光景は傍《はた》から見れば、

「……これで付き合ってないいんだから、ほんと不思議な二人だよねぇ」

心底呆《あき》れた風なため息が、俺と柚葉の関係の歪《いびつ》さを物語っていた。

――昼休み。

神楽と柚葉はそれぞれ先約があるらしく、今日は俺一人の寂しく殺伐とした昼食を取ることが決まった。

べつに教室の隅っこでご飯を食べるなんてことをいちいち気にするような性格《タイプ》でもないので、弁当袋をリュックから取り出して机に置こうとした、――その時だった。

「ん？　姉ちゃん？」

不意に、マナーモード中のスマホが机の上でブルブルと小刻みに震えた。

真っ黒な画面から姉ちゃんがＬＩＮＥで使用しているアイコンと通話画面が映し出され、俺は疑問と一抹の不安を抱きながら恐る恐るスマホを耳に当てた。

「もしも……」

『あ！　やっと出た！　もうしゅう遅ーい！』

「そんなに待たせてないと思うんだけど」

通話開始早々、ぷりぷりと怒っていらっしゃる姉。俺はやれやれと肩を落とし、

「で、貴重な昼休みなんかに電話掛けてきて何の用なの？」

『言い方に刺《とげ》があるぞ弟よ。……まぁいいや。じゃあ単刀直入にお願いするんだけど、ちょっと生徒会室来てくれる？』

「生徒会室に？」

なんで、と訊ねると、なんでもと適当に返された。

『いいから早く生徒会室に集合！　すぐ済むから、友達とお昼食べるなら猶更《なおさら》早く来なさ

いよ！』

「今日は一人で食べるからゆっくり行ってもいい？」

『さっさと来い』

「……うぃっす」

嫌な予感がするのでなるべく迂遠《うえん》な言い回しで逃げようとしたが、ドスの利いた声に釘《くぎ》を刺されてしまい退路が断たれてしまった。

『じゃあ生徒会室にすぐ来てね！』という一方的な言葉を最後に通話がぷつりと切られ、今から生徒会室に行かざるをえなくなってしまった俺は「最悪だ」と愚痴をこぼして天井を仰いだ。

ここで駄々をこねても姉ちゃんの機嫌を損ねるだけなので、俺は重たい腰を上げてさっそく生徒会室に向かった。

この高校の生徒会室は別棟の二階にある。俺たち一年生の教室は本棟の四階にあるので、そこに行くにはそれなりに時間が掛かる。

少し急ぎ足で階段を降りて本棟と別棟を繋《つな》ぐ渡り廊下を抜けて、俺は姉からの指示があった生徒会室に着いた。

道中、姉が呼びつけた理由を思案したが、それらしい解答は思い浮かばなかった。

「まぁどんな理由にせよ、この扉を開ければ答えは解《わか》るか」

コンコン、と扉を叩《たた》き、「失礼します」と一報を知らせて扉を引いた。

カラカラと軽快な音を鳴らしながら開けた扉の先で、俺はこちらに気付く姉ともう一人、意外な人物を捉えて目を瞠《みは》った。

「……緋奈《あかな》先輩」

思わずその場に硬直してしまった。

そんな俺に姉は「来たか弟よ！」と来訪を待ちくたびれていたようにはしゃぎ、緋奈先輩は淑やかに会釈《えしゃく》した。

「なーにそんな所で呆けてんの。ほら、早く中に入った入った」

「あ、うん」

困惑する俺を急《せ》かすような声が呼ぶ。それにぎこちなく頷《うなず》きながら一歩前に進んで生徒会室に入り、開けた扉をぱたんと閉じた。

「あれ？　そういえば、緋奈先輩って生徒会役員でしたっけ？」

ふとそんな疑問が湧いて問いかけると、緋奈先輩は微苦笑を浮かべながら首を横に振った。

「ううん。役員じゃないよ。ただ。真雪《まゆ》の特権でここでよく一緒にお昼食べてるんだ」

「そうなんですね」

緋奈先輩の説明に納得しつつ、俺は姉をじろりと睨《にら》む。

「職権乱用してんな」

「ふん。職権とは使うためにあるのだよ弟」

「自慢するんじゃないよ全く」

腹立つ姉のドヤ顔にチョークでも投げつけてやりたい気持ちをぐっと堪《こら》えつつ、二人が生徒会室で弁当箱を置いている理由も分かったところで本題に入った。

「で、姉ちゃん。俺に何か用？」

あまり長居も良くないだろうと思い単刀直入に本題に入れば、俺の問いかけに答えたのは姉ではなく、その隣に座っている緋奈先輩だった。

「あ、急に呼び出してごめんね。真雪じゃなくて私が雅日《みやび》くんに用事があったの」

「え？　緋奈先輩が、ですか？」

その言葉にさらに混惑が深まる。首を捻《ひね》る俺に、今度は姉が答えた。

「ほら。昨日、しゅうに藍李《あいり》の看病行かせたでしょ。で、藍李が改めてそのお礼をしたいんだって」

たしかに昨日先輩の看病に行った。まぁ、看病というほど世話なんてしてないし、何なら病人にお茶まで用意させてしまったけど。

呼び出された理由に説明が付くと、胸の中で『そんなことか』と安堵《あんど》する自分がいた。

もしかしたら緋奈先輩に粗相をしてしまったのではないかと肝を冷やしていたが、その懸《け》念《ねん》は杞憂《きゆう》だったらしい。

「お礼なんて、わざわざしなくてもいいのに」

「ううん。雅日くんがお見舞いに来てくれて嬉《うれ》しかったから。一人で不安だったけど、雅日くんが来てくれたおかげですごく元気もらえたのよ」

だからきちんとお礼をさせてほしい、と頭を下げた緋奈先輩に、俺は照れくさくなってしまって頰を掻《か》く。

そんな俺と緋奈先輩の微妙な空気を察知した我が姉はにやにやと口許《くちもと》を歪《ゆが》め、

「私、出て行った方がいい？」

「ここに居てくれ！」「ここに居て⁉」

二人きりにしてあげようか、とからかってくる姉に、俺と先輩は揃《そろ》って声を上げる。

「もうっ。真雪がいなかったらどうやって雅日くんと話せばいいのよ」

「べつに私がいなくても話せるでしょ。それに聞くところによりますと、昨日も思いのほか話が弾んだみたいじゃないですかぁ」

「それはっ、私ばかり雅日くんに質問してただけで！　今となって思い返してみれば雅日くんにとってはただ煩わしかったかもしれなくて……」

「いや！　そんなことないです！　先輩と話せたこと、すげぇ嬉しかったです」

何の話をしていたかは緊張してあまり覚えてないけど。

語勢が弱くなっていく緋奈先輩に慌ててフォローに入れば、

「そ、そう」

「は、はい」

「ふふ。ならよかった。雅日くんに嫌われてなくて」

安堵に微笑《ほほえ》みを浮かべる緋奈先輩に、思わず見惚《みと》れてしまった。

そうして放心する俺を我が姉はニヤニヤと実に不快な笑みを浮かべながら見ていて、

「やっぱ私お邪魔かな？」

とからかってきた。

「俺で遊ぶのもいい加減にしろっ。はぁ、用が済んだならもう教室戻るけど？」

「あ、待って！」

姉ちゃんにこのまま弄《もてあそ》ばれるのも癪《しゃく》なので扉に手を掛けようとするも、退出を緋奈先輩に引き留められてしまう。

緋奈先輩は鞄《かばん》から何かを取り出すと慌てて席から立ち上がり、艶《つや》やかな黒髪を波打たせながら俺の元に寄って来た。

一体何事かと身構える俺に、緋奈先輩がほんのりと頬を赤らめながら上目遣いで見つめてきて。

「これ。昨日のお礼にと思って。クッキーなんだけど」

差し出されたそれに、俺はぱちぱちと目を瞬《しばたた》かせる。

「え？　これって、その、もしかして……」

「うん。もらってくれると嬉しいな」

「いいんですか⁉」

まさか、とは思ったがそのまさかで、嬉しさのあまり声が裏返ってしまった。

見返り欲しさにお見舞いに行ったわけではないので、クッキーをもらうことにほんの少しだけ抵抗意識はあったが、しかし断れば先輩を悲しませてしまいそうでそれも気が引ける。それに、こんな神イベがまたいつ起こるとも分からない。

……よし。

ここは緋奈先輩の厚意を素直に受け取ることにしよう。

「あ、ありがとうございます。有難《ありがた》くいただきます」

ぎこちなくお礼を言って緋奈先輩の手から丁寧にラッピングの施《ほどこ》されたクッキーを受け取ると、先輩はほっと安堵したように胸を撫《な》でおろした。

「その、雅日くんの口に合うかは分からないんだけど……」

「えっ⁉ これ、先輩の手作りなんですか⁉」

「うん。ちょっとそういうのが得意で。一応、作る前に真雪にも雅日くんがクッキー好きか聞いて、それで好きって教えてくれたから」

もじもじと恥ずかしそうに答える緋奈先輩。可愛《かわい》い。

というか、先輩の手作りクッキーを食べられるなんて幸運にもほどがある。前世の俺は一体どんな徳を積んでたんだか。……いや、今回は現世の俺の功績か。しかし実際にはお見舞いの品を渡しただけで、看病らしい看病は何もやってないんだが。挙句に緊張のあまり終始硬直してしまって、逆に先輩に気を遣わせてしまったくらいだ。

ただまぁ、今の先輩の嬉しそうな表情を見れば、あの時のまるで役立たずだった自分にもいくらか存在価値はあったのかと思うと悪い気はしなくて。

だから、この先輩の手作りクッキーはその見舞いの報酬、或《あ》いは対価として、有難く受け取ることにした。

「その、ありがとうございます。めちゃくちゃ味わって食べます」

「あはは。そんな手の込んだものじゃないから。気楽に食べて欲しいな」

「先輩の手作りってだけで味わう価値がありますよ」

「大袈裟《おおげさ》だね」

先輩は可笑《おか》しそうにくすっと笑った。見惚れてしまうほどに愛らしい笑みだった。

たぶん、この話をクラスメイトの男子にしたら血の涙を流すと思う。おまけにこのクッキーもハイエナの如《ごと》く奪取されることだろう。

先輩お手製のクッキーは家で食べるか、教室で何食わぬ顔で悦に浸りながら食べるかのどちらかにしよう。

「それじゃあね、雅日くん。昨日はお見舞いに来てくれて本当に嬉しかったわ。プリンも美味《おい》しかった」

「俺も先輩の元気な姿見れてほっとしました。お身体、気を付けてくださいね」

「ふふ。雅日くんもね。真雪にイジメられたら私を頼ってくれていいから」

「はは。それじゃあ、その時は先輩を頼りにしますね」

別れ際《ぎわ》、緋奈先輩と短い会話を交わす。相変わらず見惚れるほどに美しい微笑みを間近で拝めたあと、俺は先輩とついでに姉ちゃんにも会釈して生徒会室を出た。

廊下に出ると、少しは落ち着くと思っていた心臓はまだ騒がしいままで。

それは先輩の微笑みを間近で拝めたからか。それともまた先輩と話すことができたからか。

あるいは——、

「あぁくそ。食べるの、超勿体《もったい》ないな」

緋奈先輩が俺の為《ため》に焼いてくれたこのクッキーのせいなのか。

きっと、この心臓が騒がしい理由はそれら全部なんだろう。

微笑みも、会話も、この心臓も、このクッキーも。緋奈先輩の一挙手一投足が俺を浮つかせる。

けれど、先輩と関わるのはきっとこれきりだとも分かるから。

「家に帰ったら、めちゃくちゃ味わって食べよ」

緋奈先輩お手製のクッキーは、それはそれは噛《か》みしめて食べたのだった。

——4——

俺の予想していた通り、その後は特に緋奈先輩とのイベントが起こることはなかった。

「しゅう。お昼出掛けるけど、アナタはどうする?」

「あー……パス。行ってもどうせ姉ちゃんと母さんの荷物持ちにされるだけだし」

「アナタもすっかり反抗期になっちゃって。たまには家族の買い物付き合いなさい」

「俺だって買う物があったら着いて行ってるじゃん。……あと、息子が反抗期って分かってるならせめてドアノックしてから入って来て」

「自家発電するならせめて夜にしてちょうだい」

「……自家発電とか言うなよ」

母親曰《いわ》く反抗期の息子の文句に、母親は呆《あき》れながら肩を落とした。しかし、絶賛思春期の息子を相手によくそんなド下ネタが言えるもんだ。もうちょっと配慮や気遣いってものを覚えて欲しい。

「分かったから早く出っていってよ」とベッドに寝転がりながらゲームする俺に、母さんは「はいはい」と嘆息しながらリビングに戻っていった。

ゲームの探索率がいい感じに上がった頃に一度父さんが俺の部屋に顔を出しにきて「留《る》守《す》はよろしくね」と伝言を伝えに来た。それに「うーい」と淡泊に応じてから数分後に家内が静まり返った気配を感じた。

「そういや、新イベやってなかったな。サクッと終わらせるか」

静まった家で趣味に没頭すること約一時間。

……ぐううう。

丁度新イベも一段落したところで不意にお腹の虫が鳴って、そこでようやく、自分が腹が減っていることに気付いた。

「よいせ」

ログアウトしてホーム画面に戻り、時間を確認すれば時刻は正午を回っていた。半日をベッドでごろごろして過ごしていてもお腹《なか》は空くようで、ゲーム休憩がてらお昼ご飯でも食べるかとようやくベッドから起き上がる。

おっさんみたく腰を叩《たた》きながら部屋を出て、自分の足がぺたぺたと廊下を叩く音を聞きながらリビングへと向かう。

とりあえずなんでもいいから腹を満たせるものを求めてキッチンの棚を物色すること数分。

「うわマジかよ」

いつもなら買い置きしてあるはずのカップラーメン。それを昼飯にしようと思ったのだが、棚の中はまさかの空っぽだった。

「それじゃあ冷蔵庫の中は……あー。だから買い物に行ったのか」

休日になるとよく冷蔵庫の中身が殺伐《さつばつ》とするのが我が家の特徴。今日もそれに例外はなく、案の定冷蔵庫には飲み物と父さんの酒、あと調味料くらいしか目ぼしいものがなかった。一応、冷凍庫に冷凍ご飯はあるものの、これだけで食べ盛りの男子の腹が満たされるはずもない。

「卵あるし、卵かけご飯……は気分じゃないなぁ」

外に出たくないが、外に出なければまともな昼食にはありつけなそうだ。

「はぁ。しゃーない。コンビニ行くか」

冷蔵庫の扉を閉め、諦めてコンビニに行こうと部屋からパーカーと財布を取ってこようとした時だった。

ピンポーン、と家のチャイムが鳴った。

「配達か？」

家族なら普通に鍵を開けて入って来るだろうし、俺も誰かを呼んだ覚えもないのでインターホンを鳴らした相手の選択肢は必然的に限られる。

とりあえず対応しておくか、とリビングに設置されているモニターのボタンを押すと、

「うえぇ!?　……あ、緋奈《あかな》先輩!?」

モニター画面が映し出した人物。それがあまりにも予想外すぎて俺は目を剝《む》いた。

なんで緋奈先輩が家に？　いや、そんなことよりも先輩を待たせちゃいけない！

慌てふためきながらも、俺は急ぎ通話ボタンを押した。

「は、はい？」

『あ、その声はもしかして雅日《みやび》くんかな？』

応答するや否《いな》や、モニター画面にぱっと顔を明るくさせた緋奈先輩が映った。可愛すぎて悶絶《もんぜつ》してしまう。

俺はこちらの顔が映らないのをいいことに悶絶する顔を両手で覆いながら、

「そうです。ちょっと待っててください。いま門開けるので」

『ううん。このままで平気よ。それより真雪《まゆ》はいる？』

「姉ちゃんですか？」

『うん。今日真雪とお出掛けする予定で、それで一度こちらにお伺いしたんだけど』

え？

「あの、姉ちゃんなら一時間くらい前に、家族と買い物に出掛けましたけど……」

『ええ⁉』

緋奈先輩の素っ頓狂な声がスピーカ越しにリビングに響いた。

『え、え？　本当に？　嘘吐《うそつ》いてない？』

「ないです。姉ちゃん、今出掛けてます」

『嘘でしょぉ』

先輩がガックリと肩を落とした。あの姉、どうやら完全に今日緋奈先輩と出掛ける予定を忘れていたらしい。

「とりあえず家に上がっていってください。今門開けますから」

『ううん！　気にしないで！　一度真雪と連絡取ってみるから！』

「なら猶更《なおさら》家に上がってください。家の中の方が落ち着いて連絡取れると思いますし、それにすぐ返事が返ってくるとも限りませんから。……あの姉ですし」

「……あはは」

その失笑だけで姉が先輩に日頃迷惑を掛けているのだと理解してしまう。姉よ。何故《なぜ》アンタが生徒会に入れたのか弟は不思議でならんよ。

それから俺はモニター越しで申し訳ないが緋奈先輩に「すいません」と謝罪を一つ入れてから門のロックを解除。そして通話を切った。それから、急ぎ足でリビングから出て玄関へ向かう。

クロックスを履いて玄関の扉を開けると、その音に気付いた緋奈先輩がこちらに振り向いて会釈《えしゃく》した。

「こんにちは。雅日くん」

「えっと、こんにちは、です」

慌てて駆け付けた俺に緋奈先輩は「そんなに急がなくてよかったのに」とくすくすと口《くち》許《もと》を手で隠しながら淑《しと》やかに笑った。

その笑みに思わず見惚《みと》れてしまうことおよそ二秒、ハッと我に返ると俺は全力で頭を下げた。

「ウチの姉がやらかしてしまい、本当にすいませんでした！」

「雅日くんが謝ることじゃないよ。悪いのはキミのお姉さんなんだから」

顔を上げて、と催促されて、俺は渋々と顔を上げた。

「……怒ってますよね？」

「あはは。ちょっとだけね。でも真雪と一緒にいると時々あることだから。もう慣れたわ」

なんだろう。この全力で土下座したい気持ちは。

緋奈先輩の貴重な時間を潰した挙句本人は現在楽しくショッピング中とか、俺だったらしばらく口はきかないレベルのやらかし具合だ。それを笑って済ませてくれるとか、先輩は聖母か女神ですか。

「あの、先輩がせっかく遠路はるばる来てくださったのにそのまま帰らせるのは流石《さすが》に姉の親族として面子《メンツ》が立たないので、せめてお詫《わ》びにお茶でも飲んで行ってください」

「雅日くんは真雪とは正反対ね。そんなに畏《かしこ》まらなくてもいいのに」

「このままだとお天道様《てんとさま》に顔向けできなくなりそうなので」

「何も犯罪に手を染めたわけじゃないんだから……」

ぺこぺこと頭を下げる俺に緋奈先輩は苦笑。それから、先輩は思案げに顎に指を当てると、

「でも、そうね。雅日くんさえよければ、少しだけお邪魔してもいいかしら？」

「つまらない家ですが是非っ」

「もう何度も雅日くんのお家《うち》には上がらせてもらってるけど、ここはずっと素敵なお家よ」

「……やっぱり女神！」

「雅日くん？」

「な、なんでもないです」

「そう……」

約束を反故《ほご》されたのに嫌な顔一つせず気まで遣えるとか、やはり緋奈先輩は女神の生まれ変わり……いや、女神そのものか。

とにもかくにも女神を退屈させるわけにもいかず、俺は召使のごとくへこへこと頭を下

げながら緋奈先輩を家の中に招いたのだった。

そして、俺はこの後に気付く。

自分が姉と同等レベルのやらかしをしているという、とんでもない事実に。


「お邪魔します」

「狭い家ですけど、気楽にしてください」

「ふふ。エスコートされるなんて、なんだかお姫様になったみたい」

「緋奈先輩もそういう冗談言うんですね」

緋奈先輩を自宅に招き入れ、廊下を歩きながら、俺は先輩と雑談を交えつつ不敬は百も承知で隣を歩く緋奈先輩を見る、いや拝ませて頂く。

今日の先輩は学校でよく見かけるストレートの黒髪を後ろで一本に纏《まと》めていた。いわゆるポニーテールというやつで、歩くたびに波打つ艶《つや》やかな黒髪とそこからわずかに覗《のぞ》く白いうなじが非常に扇情《せんじょう》的だった。直視すると男としてのアレを色々とくすぐられるので、早々に視線を髪型から服装へと切り替えた。

服は緋奈先輩らしい、と言っていいのかは分からないけど、とても大人びたコーデだった。

トップスがラベンダーの袖が長いタイプのランタンスリーブ。ボトムスは濃紺色《ネイビー》のスカートで、白く細い美脚の半分は黒のハイソックスに覆われている。

全体的に落ち着いた色味で纏められていて、清楚《せいそ》、という印象を強く与えられる。それなのにどことなく色っぽく見えてしまうのは、きっと緋奈先輩自身が魅力的な女性だからなのだろう。やはりこの人は魔性の女性だ。

緋奈先輩ならきっと何を着ても似合うんだろうな、そんな感慨に耽《ふけ》っていると、ふと先輩が俺をジッと見ていることに気付いた。

「ええと、今日の服、なにか変だったかな？」

「いや違っ！　むしろその逆です！　めちゃくちゃ似合ってます！」

「そう。なら安心した。似合ってないのかと思ってドキドキしたわ」

「（……先輩に似合わない服なんてないだろ）」

俺の視線の意味を誤解していた緋奈先輩に必死に弁明すると、先輩はほっと安堵《あんど》したように胸を撫《な》でおろした。

俺の感想ごときで安堵する理由がよく分からず首を捻《ひね》っていると、緋奈先輩が何か話そうとする気配を察知して慌てて先輩に視線を戻した。

「でもよかったわ。雅日くんがお家にいてくれて。キミまで一緒にお出掛けしていたら、今頃私は門前で途方に暮れていた所だったわ」

「休日にわざわざ外に出るタイプじゃないので」

「へぇ。雅日くんも外より家にいる方が好きなんだ？」

雅日くんも、ということは緋奈先輩もインドア派なのか。それは意外だと思いながら、俺は先輩の問いかけに頷《うなず》く。

「はい。家でごろごろする方が好きです」

「ふふ。私と同じだ」

だから弾むよ鼓動。

小さく咲いた笑みに見惚れて、見つけた共通点に頬がニヤけそうになる。緩む表情筋を必死に抑えながら、俺は歓喜する鼓動を先輩に悟られないように懸命に落ち着かせていく。

「でもそうなると、雅日くんと真雪は正反対ね」

「ですね。姉ちゃん、買い物も運動も好きなんで」

「知ってる。真雪の買い物によく付き合わされるから」

「いつも姉が先輩にご迷惑おかけして本当に申し訳ありません！」

「ふふ。気にしないで。おかげで私も退屈しないで済んでるから」

「そう言ってもらえると弟としては気が楽になります」

「真雪と過ごす毎日は刺激的だからすごく楽しいわよ」

それを聞いてる弟としては胃がキリキリしてますよ、先輩。……緋奈《あかな》先輩に変な遊び教えてないだろうなあの愚姉。

帰ってきたら問い詰めてやろうと胸中で決意を固めている間にリビングに到着。

先輩に適当にくつろいでもらうよう促しつつ、キッチンに向かおうとした時だった。

「ふふ。この前と逆だね」

「この前？　……あー。たしかにそうですね」

急にくすっと笑い出した先輩に戸惑ったが、しかしすぐにその言葉の意味を理解して思わず苦笑がこぼれた。

「前は俺が緋奈先輩の家に行って、紅茶を淹《い》れてもらいました」

あの時先輩と交わした会話の内容は全然覚えてないけど、でも先輩の家で先輩と過ごした時間だけは今でも鮮明に覚えてる。

時折見せてくれた淑やかな笑み。驚いて目を丸くする瞬間。嬉《うれ》しそうに細まった紺碧《こんぺき》の双眸《そうぼう》。

何度も夢かと思ったけど、けれど先輩がクッキーをくれたおかげであの時間は紛れもなく現実だったのだと教えてくれた。あの一時を思い出す度に、今でもこの心臓は強く弾む。

「先輩は紅茶とコーヒー。どちらがお好きですか？」

「ふふ。そうね。それじゃあ、紅茶を頂けるかしら？」

「了解です。先輩ほど上手に淹れられないから、期待はしないでくださいね？」

「あはは。そんなこと言わないの。楽しみにしてるね」

紅茶を美味《おい》しく淹れられる技術なんて俺にはないけど、けれどせめて先輩に美味しいと思ってもらえるよう丁寧に淹れよう。

ありがとう、と淡く微笑《ほほえ》む緋奈先輩に、俺はかつてないほどにやる気を漲《みなぎ》らせてキッチンへと向かった。

緊張する手でトレーに載せたティーカップをリビングに運んでいると、緋奈先輩が誰かと電話していた。

「もうっ！　約束忘れるなんてありえない！　雅日《みやび》くんにも後でちゃんと謝りなさいよね！」

『うえーん！　分かったよお！　しゅうにも後で謝るから、お願いだから許してぇ』

「雅日くんに謝ったら今日の失態は水に流してあげる」

『おぉ女神よ～！』

「調子に乗らない！」

『ごめーん！』

　俺の名前が挙げられた事とこの怒り方的におそらく通話相手は姉ちゃんだろう。

　緋奈先輩は「うん」とか「分かったわ」とか「それじゃあまた学校でね」と短い会話の応酬を終えて、スマホを耳元から外すと辟易《へきえき》とした風に肩を落とした。

「電話してた相手って、姉ちゃんですか？」

「うん。あの子、やっぱり今日の約束忘れてたみたい」

「もうなんて言ったらいいのか。ほんとすいません」

　謝ることしかできない俺に、先輩は同情するように苦笑を浮かべる。

「雅日くんも苦労してるでしょう？」

「一緒にいる時間が長いとあの杜撰《ずさん》さも慣れるものですよ」

「それは果たしてフォローになってるのかしら？」

　姉に弟が振り回されるのは生まれた瞬間に決まっているのでそこは今更だ。

「それよりどうぞ。やっぱり先輩ほど上手《うま》く淹れられませんでした」

「ううん。その気持ちだけで十分よ。有難《ありがた》く頂きます」

先輩の手元に紅茶を注《つ》いだティーカップを置くと、一輪の花が咲いたかと錯覚するほどの可憐《かれん》な笑みが咲いた。

反射的に視線を逸《そ》らしてしまう俺を尻目に、先輩はさっそくティーカップに口をつけると、淑女然とした振る舞いで紅茶を飲んだ。

「おいし」

「うっし」

小さく零《こぼ》れた感想。

それだけでほっと安堵してしまう自分に驚いてしまう。

俺はなんて単純なんだろうか。そう呆《あき》れながらも、でも浮かれずにはいられなくて。

「お菓子もあるので、どうぞ食べてください」

「キミはお姉さんと違って本当に律儀《りちぎ》で気が利《き》くね。……あ、そうだ。お菓子で思い出した。私が焼いたクッキーはどうだったかしら？　口に合わなかったかな？」

「そんなまさかっ！　めちゃくちゃ美味しかったです！」

慌てて感想を伝えると、先輩はほっと安堵したように胸を撫でおろした。

「ならよかった。実はずっと気になってたんだ。もしかしたら失敗しちゃったんじゃないかって」

「あんなに美味しいクッキー食べたの初めてでした！」

「そんな、大げさよ」

苦笑する先輩に、俺はぶんぶんと大きく首を横に振る。

「本当です！　甘さも上品でサクサクでしたし、姉ちゃんの作るやつとは大違いでした！」

「へぇ。真雪《まゆ》もお菓子作りするんだ？」

意外、と呟《つぶや》く先輩に、俺は頬を引きつらせながらこくりと頷いた。

「バレンタインの時とかハロウィンの時とかたまに友達へのプレゼント用に作る時があるんです。でも、大半は失敗して、結局市販のものになるんですけど」

「そういえば去年、真雪にバレンタインのチョコもらったな。雅日くんの言う通り市販のものだったわ」

と、先輩はそこであることに気付く。

「え、もしかしてその失敗作って……」

「はい。俺と父さんが主に処理を行ってます」

「……そう」

俺が瞳からハイライトを消して答えると、先輩は気まずそうに視線を逸らした。

姉ちゃんは意気込みだけは立派だが、それが結果に結びつくことは少ない。失敗してもめげないのが姉ちゃんの美徳で尊敬する所だが、それに巻き込まれた方としては毎度ハラハラドキドキさせられるのだ。料理やお菓子作りの時なんかは胃がキリキリ痛み始める。

「今度真雪に料理教えてあげるわね。そうすれば、キミの負担も少しは減ると思うから」

「嬉しい提案ですが止《や》めておいた方が得策だと思います。母さんが付きっ切りで教えて、どうにか人が食えるレベルなので」

「調理実習で一緒にご飯を作った時はそうでもなかったのよ⁉」

「切る、盛る、は問題ないんです。味付けがダメなんです」

「たしかに。あの時真雪は切ることを中心にやってたわね。味付けとかは主に私がやってたような気がする」

「はは。だから皆さん無事だったんですよ。姉ちゃんが味付けしてたら死人……まではいかずとも班員洩《も》れなく保健室送りだったと思いますよ」

「そんなに酷《ひど》いの⁉」

こくこくと無言で力強く頷く俺に緋奈先輩は目を白黒させる。

「はぁ。忠告ありがとう雅日くん。今度から真雪と一緒に料理する時は注意して見ることにするわ」

「その方が身のためですね」

「病院送りは私も御免だからね」

先輩とまたこうして話せるなんて夢みたいだ。それに意外にも話が弾んでいる。半分以上姉ちゃんの失態談だけど。

浮ついた気持ちにすっかり緊張が解けるのと同時、

──ぐううう。

「あ」

不意にそれまで大人しかったお腹《なか》が鳴った。

羞恥心でみるみる顔を赤く染めていく俺を、緋奈先輩は目をぱちぱちと瞬《しばた》かせながら見つめていた。

「いや、あの、これは違くて……」

「もしかして、お昼何も食べてないの？」

「……お恥ずかしながら」

耳まで赤くなった顔を両手で隠しながらカミングアウトすれば、先輩は特に気にする様子もなくむしろおかしそうに笑ってくれた。

「そういえばもうお昼過ぎてるもんね。お腹空くのも無理ないわよ」

私も少しお腹空いたな、とさり気なく気を遣ってくれる先輩。優しい。

「あはは。簡単なもので昼食にしようと思ったんですけど。生憎《あいにく》家に何もなくて」

「雅日くんは真雪と違って料理できるの？」

「姉よりは上手くできますけど、味は大したものじゃないです」

「ふ〜ん。そうなんだね。それじゃあ、今日のお昼はコンビニ？」

「そのつもりです。まぁ、最悪お菓子で済ませるのもアリですけど」

「それは健康に悪いわよ」

育ち盛りなんだからちゃんと食べないとダメ、と叱られてしまった。

全くもってその通りで反論できずに悄然《しょうぜん》とする俺に、先輩はふむ、と顎に手を当てて何やら思案している様子。

しばし黙考する先輩を見つめていると、

「ねぇ。雅日くん。よかったら冷蔵庫の中見てもいい？」

「え？　それはべつに構いませんけど、でもどうしてです？」

「んー。ちょっとね」

先輩ははぐらかすようにウィンクして、椅子から立ち上がるとそのまま冷蔵庫へ向かっ俺も慌ててその後を追って、先輩と冷蔵庫の中身を交互に見る。

「買い出し前の冷蔵庫なんで本当に何もないですよ?」

「そうみたいね。……でも使えるものはありそう」

「?」

小さな呟きに首を捻《ひね》る間にも先輩は冷凍庫を開けて「ご飯もあるのね」と確認していた。

その行動がまるで、今から何か作れるものがあるのではないかと思案しているように見えて。

俺がその考えに辿《たど》り着いたのとほぼ同時、冷蔵庫の確認を終えた緋奈《あかな》先輩が「よし」と呟きながらこちらに振り返って。

「雅日くん。お腹空いてるのよね?」

「お恥ずかしながら。お腹空いてます」

「あはは。べつに恥ずかしいことじゃないよ。生理現象だもん」

恥じらいながら頷《うなず》くと、先輩は「それじゃあ」と少し嬉《うれ》しそうに口許《くちもと》を緩めながら――こんな提案を投げかけてきた。

「よかったらお昼ご飯作ってあげるけど、どうかな?」

「…………」

その問いかけに答えるのに数秒時間が掛かった。

脳が緋奈先輩の言葉の処理をし切れず、頭の中で何度も反復する。

ゴハン、ツクル、ダレガ、ダレノタメニ？

ぐるぐる。ぐるぐると、長い長い逡巡《しゅんじゅん》を経て、

「いやいや！　流石《さすが》に悪いです！　先輩にご飯作らせるなんて！」

「嫌ならこの提案はなかったことにするわよ。烏滸《おこ》がましいことしちゃってごめんね」

「そんな謝らないでください。うぇぇ。どうしよ」

しばし葛藤の末、

「……その、本音を言っても、いいんですか？」

「もちろん」

戸惑う俺とは裏腹に緋奈先輩はにこりと笑った。

「なら、その……先輩のご飯、食べてみたい、です」

「ふふ。素直でよろしい」

欲に負けてしまった俺を、先輩は嬉しそうに双眸《そうぼう》を細めて見つめてくる。

それから緋奈先輩は「よしっ」と短く呼気を吐くと、

「それじゃあ、気合入れて作ってあげるから、雅日《みやび》くんは楽しみにしててね」

「……はい」

男を一発KOするには十分過ぎるほどの可愛《かわい》いウィンクを決めて、緋奈先輩は両脇を引き締めた。

こうして、俺は世の男子が血の涙を流さずにはいられない、緋奈先輩の手料理を試食できる権利を奇跡的に手に入れたのだった。

……俺、恨まれて刺されないよな？

段々とキッチンから香ばしい匂いがリビングに伝ってきて、元々何も入っていない胃が更に小さな悲鳴を上げた。

時折リビングから緋奈先輩を見ると何度か目があって、緋奈先輩はその度に微笑《ほほえ》みを返してくれた。

「なんだこの幸せ空間は」

まるで先輩と夫婦にでもなった気分だ。これが下賤《げせん》な妄想であるのは重々理解してるけど、脳内に存在しない記憶が溢《あふ》れ出していく。

これが夢なら醒《さ》めないでほしい。そう切に願っているとキッチンの方からトレーを持った先輩が戻ってくるのを捉えた。どうやら料理が完成したようだ。

簡単には拝むことのできない緋奈先輩のエプロン姿をこれでもかと網膜に焼き付けていると、ほどなくして先輩が目の前にやって来た。

「お待たせしまし……ふふ。ちょっと待たせすぎちゃったかな？」

「いえ！　全然待ってません！」

テーブルに項垂《うなだ》れる俺を見て先輩がくすくすと笑う。バッと勢いよく顔を上げると、先輩は俺の手元に完成した料理を置いてくれた。

「……チャーハンだ」

「うん。冷蔵庫見たら作れそうだなーと思って。お昼に丁度いいでしょ？」

眼前にはもくもくと香ばしい湯気を漂わせる二品が。一品は前述の通りチャーハンで、もう一品は中華スープだった。

掛かった時間は体感で十分満たないくらいか。短い時間で二品を作り上げた緋奈先輩の手際《てぎわ》の良さと料理の手腕に感服するばかりだった。

「これ、食べていいんですよね？」

「当たり前でしょ。見せびらかす為《ため》に作るなんて非道な真似《まね》しません」

「す、すいません。先輩の手料理食べられるとか光栄だから」

「おかしなこと言うのね雅日くんは。私はお嬢様でもなければお姫様でもないのよ。どこにでもいる一般庶民です」

「あはは。たしかに。お嬢様はチャーハンなんて作らなそうですもんね」

先輩の軽口に苦笑を浮かべながらそう返すと、先輩は「でしょ」と口許を緩めた。

「ほら、冷めないうちに食べて食べて」

「は、はい」

先輩に促されるまま俺はスプーンを手に持つと、この状況と先輩の手料理を食べられることに心の底から感謝するように「いただきます」と両手を合わせた。たぶん、人生の中で一番深くその言葉を言った気がする。

そして、いざ実食。

「はむ……もぐもぐ——うまあ⁉」

スプーンで黄金の米を掬《すく》って、少し緊張で震える手で口許に運んだ。それから思い切ってパクッと一口頬張れば、瞬間、舌が美味に歓喜した。

「よかったぁ」

ほっと安堵《あんど》する先輩には目もくれず、俺は一心不乱にチャーハンを頬張っていく。

程よい塩味。香味ペーストの豊潤な香りと……たぶんこれは味噌《みそ》か。濃厚でありながら全体のバランスを崩さない絶妙なコクがさらに食欲を刺激して、スプーンを動かす手が止まらない。チャーシューの代わりに入っているカニカマも程よい甘味をくれて、このチャーハンと抜群に相性がよかった。

「凄《すご》いです先輩！　俺、何もないって諦めてたのに、こんなに絶品のものを作るなんて！」

「雅日くんが喜んでくれてよかった。自慢でもないけど、家にあるものでご飯を作るの得意なの」

「先輩は絶対将来いいお嫁さんになれますね」

「ふふ。雅日くんからお墨付きもらっちゃった」

先輩が嬉しそうに俺を見つめているも、口内に広がる至福の味を噛《か》みしめている俺はその視線に気づかなかった。

それから程なくして先輩も取り分けていたチャーハンを食べ始める。小さく零《こぼ》れた「おいし」に可愛いなと胸中で呟《つぶや》きながら、水分を欲《ほっ》しはじめた口内に中華スープを注いだ。

「スープも美味《おい》しいです」

「これも作るのは簡単よ。ちょっとアレンジすればクッパも作れるのよ」

「クッパってマ○オの？」

「違うわ。そっちのクッパじゃない。クッパスープの方のクッパよ」

「あそっちか」

「もう。わざとやってない？」

「いやいや！　わざとなんかじゃないですって！」

一瞬脳裏に浮かんだマ○オの宿敵を緋奈先輩が即座に否定。嘆息を落とした先輩に俺はすいませんと頭を下げる。

「でも食べたことないなら馴染《なじ》みもないわよね」

「食べたことならあります。でもクッパが自分で作れるということを初めて知りました」

「あはは。作るのけっこう簡単だから、雅日くんさえよければ後でレシピ教えてあげる」

「是非っ！」

それならお昼一人の時でも質素なご飯にならなくて済むな。それに先輩から教えてもらったんだから試さなきゃバチが当たる。

そんな他愛もない会話を弾ませながら昼食を進めているとあっという間に皿の底が見えて。

「「ご馳走様《ちそうさま》でした」」

食という時間を共に過ごしたからか、俺と緋奈先輩に当初あったぎこちなさはすっかりなくなり、食べ終わった頃には二人揃《そろ》って手を合わせていた。

「ふぅ。先輩が作ってくれたチャーハン。今まで食べた中で一番美味しかったです」

「もぉ。褒め過ぎだよ」

「それくらいしか俺にはできませんから。感謝の気持ちを伝えないとバチが当たりそうだし」

「雅日くんは本当に素直でいい子ね」

そこは真雪《まゆ》とそっくり、と淑《しと》やかに微笑む先輩に、俺は思わずドキリとしてしまう。

完全に異性としては見られてないけれど、でも先輩とこういう何気ない一時を過ごせるのは友達の弟特権と思えば悪いものじゃない。先輩の手料理なんて食べたくて食べられるものじゃないし。

こんな機会そうそう巡ってくるものじゃない。ならば、この時間を少しくらい堪能《たんのう》してもバチは当たらないはずだ。

「あ、お皿片しますね」

「え、いいよ。私が片すわ……」

「何言ってるんですか。ご飯作ってくれた人に片付けまでさせる訳にはいきません」

慌てて腰を浮かせた先輩をその場に引き留め、俺は食器を手早く纏《まと》めていく。

楽しい食事だったとはいえ、先輩に迷惑を掛けてしまったことに変わりはない。これ以上先輩に甘えては男としての面子《メンツ》が立たなくなる。

食器を片して洗う程度で全部の恩を返せると思ってないし、食後の飲み物を俺が用意するのも当然のことだ。

「先輩、食後の飲み物は何がいいですか？ ……とはいってもコーヒーか紅茶くらいしか用意できるものありませんけど」

「そうね……なら、コーヒーをもらえるかしら」

「了解しました」

まとめた食器を載せたトレーを持って頷《うなず》き、緋奈《あかな》先輩ご要望のコーヒーを淹《い》れる為にキッチンへ向かう。

「雅日くん」

「はい？」

不意に名前を呼ばれて踵《きびす》を返せば、先輩がわずかに戸惑いをはらんだ視線を俺に向けていて。

けれどすぐにそれが振り切られると、先輩は淡く微笑んで、

「ありがとう」

「——こちらこそ。先輩と一緒にお昼ご飯を食べられて嬉《うれ》しかったです」

「——っ！」

ぺこりと頭を下げて礼を告げたあと、俺は高揚感に浮つく足でキッチンへと向かった。

水を溜《た》めた洗い桶《おけ》に食器を入れて、ポットのスイッチを入れる。先輩には聞こえないくらいの音量で鼻歌をうたってお湯が沸くのを待つ俺は、気付かなかった。

リビングで静かに佇《たたず》む緋奈先輩から、羨望《せんぼう》にも似た視線が送られていることに。

「それじゃあ、雅日《みやび》くん。またね」

「はい。今日は本当にあり……姉がご迷惑をお掛けして申し訳ございませんでした」

深々とお辞儀する俺に緋奈先輩は「気にしないで」と苦笑を浮かべた。

「真雪も電話で泣きながら謝ってくれてたから。それに、今日は予想外の収穫《しゅうかく》もあったから、私としては重畳《ちょうじょう》だったわ」

「……はぁ」

予想外の収穫ってなんのことだろうか。

首を捻《ひね》る俺に先輩は意味深に口許《くちもと》を緩めていて、ますます疑惑が深まるばかりだった。

「あっとそうだ。ねぇ、雅日くん。ＬＩＮＥ、やってるわよね」

「え？　はい。やってます」

突然そんなことを聞かれてぎこちなく頷けば、緋奈先輩は「それなら」と呟いて鞄《かばん》から
スマホを取り出した。

そして、先輩はにこっ、と俺に笑いかけると、

「せっかくの機会だから、連絡先交換しましょ」

「うえ⁉」

ＬＩＮＥのＱＲコードをかざしながらそんな提案を唐突にしてきた先輩に、俺は思わず
素っ頓狂な声を上げてしまった。

狼狽《ろうばい》する俺に、緋奈先輩は依然として意味深な笑みを浮かべたまま、

「思えば雅日くんは真雪の弟くんなのに連絡先知らないのはおかしいかなって」

「や、そんなことはないと思いますけど……」

緋奈先輩はあくまで姉ちゃんの友達であって俺の友達ではない。知り合いではあるが、
連絡先を交換していいほど親密な仲でもないはずで。

だからこそ、先輩が唐突に連絡先を交換しようと提案したことに驚愕《きょうがく》した。

無論、それは俺からすれば天からの恵み、奇跡に等しいものだ。緋奈先輩の手料理と同等、或《ある》いはそれ以上に価値のあるものに違いない。

そんなものを、いとも容易《たやす》く手に入れてしまっていいのか。少々都合が良すぎる気がして後ろめたい。

「雅日くんが嫌なら残念だけど止《や》め……」

「します！　いえむしろこっちからお願いします！」

逡巡《しゅんじゅん》など無意味に等しく、気付けば俺の方から全力で頭を下げていた。

先輩の連絡先なんて簡単に手に入れられるものじゃない。男なら猶更《なおさら》だ。姉の弟特権だろうが奇跡だろうが何でもいい――この機を逃せば、二度と先輩に関われなくなる気がした。

縋《すが》ることを情けないとは思いながらも、しかし心は欲求に従順だった。

そうやって頭を下げる俺に、緋奈先輩はおかしそうにくすくすと笑って。

「もう。雅日くんはいちいち大袈裟《おおげさ》ね。私の連絡先なんかで頭なんて下げなくていいのに」

「そんな。先輩の連絡先なんて、男が欲しいものランキング1位ですよ」

「喉から手が出るほど欲しいんだ？」

「はい。喉から手が出るほど欲しいです」

もはや開き直ったように頷く俺に、緋奈先輩は「素直だね」と笑った。

「よし。ならさっそく交換しましょうか」

「はいっ」

急いでポケットからスマホを取り出してLINEを起動する。少し不慣れな手つきでQRコード画面まで来ると、先輩がそれを読み取った。

俺のスマホに先輩の使っているLINEのアイコンが、先輩のスマホに俺が使っているLINEのアイコンが交互に表示されると、二人ほぼ同時に承認ボタンを押した。

……本当に、緋奈先輩の連絡先をゲットしてしまった！

「これでよし。雅日くんのアイコンってハリネズミ？」

「は、はい。前にハリネズミがいるカフェに行って撮ったやつです」

「へぇ。雅日くんはハリネズミが好きなんだ」

「好きです」

こくりと頷けば先輩は「雅日くんはハリネズミが好き」と呟いて、それから唇が柔らかな弧を描いた。

「そっか。これでまた一つ、キミのことが知れたわ」

「──っ！」

微笑《ほほえ》みを向けられた瞬間、時が止まったような感覚を味わった。

視界に映る景色がぼやけて、一人の女性しか鮮明に映さなくなる。

愛《いと》しさを宿したように細まった紺碧《こんぺき》の瞳。それが見つめている相手が自分であると、彼女の瞳が否応《いやおう》なく伝えてきて。

息を呑む一瞬がこんなにも長いと感じたのは、生まれて初めてだった。

「じゃあね。雅日くん。今日は楽しかったわ」

「は、はい。俺もすごく楽しかったです。気を付けて帰ってください」

「ふふ。お気遣いありがとう。やっぱりキミは優しい子ね」

最後に小さく会釈《えしゃく》した先輩が「またね」と手を振る。俺はそれにほぼ反射的に手を振り返した。

歩き出す先輩のその背中を、放心状態の俺は、小さくなって曲がり角を曲がるまで見届けていた。

そして先輩の姿が視界から完全に消えると、俺は無言のまま、急ぎ足で玄関を抜けた。

階段を駆け上がり自分の部屋に戻ると、倒れ込むようにベッドにダイブした。

「……緋奈先輩の連絡先。ゲットしちまった」

放心状態のままスマホを起動すると、映し出されたのは緋奈先輩のＬＩＮＥのアイコン画面で。

夢じゃないよな。これ、現実だよな。

本当に、あの緋奈先輩と連絡先を交換してしまった。

その事実が、徐々に、時間を掛けて、ようやく飲み込まれた瞬間、

「うおっしゃあああああああああああああ！」

抑えきれない喜びを、俺は枕に顔を埋《うず》めて爆発させたのだった。

第2章【美人先輩とお出掛け】

――1――


「ふへっ」

「うわキモッ」

緋奈先輩と連絡先を交換した休日明けの昼休み。柚葉《ゆずは》がニヤつく俺を思いっ切り罵倒《ばとう》してきた。

いつもは猫のように丸い琥珀《こはく》色の瞳をこれでもかとキツく細めて睥睨《へいげい》してくる柚葉に俺はやれやれと嘆息をこぼす。

「人の笑顔をキモいとか罵倒すんなよ。最低だぞ」

「いやいや。特に面白い話をしてたわけでもなく、唐突にニヤケ出したんだから普通引くでしょ」

「たしかに今のは近年稀《まれ》に見る不気味さだったね」

「お前まで言うかっ」

柚葉の意見に神楽《かぐら》が同意と何度も相槌《あいづち》を打つ。二対一の圧倒的不利な状況な上に俺もたしかにさっきのはキモかったな、と時間差で羞恥心が襲ってきてバツが悪くなる。

「というか柊真《しゅうま》。朝から異様にご機嫌じゃない？」

「あ。それ私も思った。体育の時もいつもみたいにぼーっとしてるなと思ったら急にニヤケ出してたよね？　女子引いてたよ」

「ただでさえ低い株がもっと下がっていく⁉」

「安心しなよ。元から最底辺だから」

フォローしてるつもりで死体蹴りしてくる柚葉に頬を引きつらせていると、

「それで、珍しく柊真がご機嫌ってことは、何かよっぽどいいことがあったんだろ？」

「おう。ちょっとな」

俺と柚葉の恒例のやり取りは無視して、神楽は俺が上機嫌な理由を探って来る。

「気になるから教えてよ」

「嫌だよ。ここに情報発信機がいるから」

「情報発信機って誰のこと？」

オメーのことだよ。

ぱちぱちと琥珀色の瞳を瞬《じばた》かせて周囲を見る少女に、俺は大仰にため息を吐《つ》いて神楽は苦笑をこぼす。

「この件に関しては拡散されたら最悪俺の高校生活が終わるので内密にさせていただきます」

「高校生活が終わるほどの体験ってなに⁉」

我が校のマドンナの連絡先をゲットしたことですよ。おまけにお昼ご飯まで作ってもらったし、さらに過去を辿《たど》ればお見舞いまでしちゃってたりする。――わお。自分で言うのもあれだけど、俺と緋奈《あかな》先輩の関係、ここ最近で距離縮みすぎてね？　なにこれラブコメかよ。

しかしそんなラブコメも一瞬で地獄絵図に切り替わるのが現実。この事実が当事者以外の耳に入り、挙句に広まったりでもしたら、俺はたちまち我が校の男子生徒全員の嫉妬と厭悪《えんお》の対象になる。

つまり緋奈先輩はそれほど多くの男子生徒から羨望《せんぼう》を集めていて、それだけ絶対的な尊敬と敬愛、崇拝されているのだ。……キミは完璧で究極のアイドルかよ。

国民的アイドルにカレシがいたらスキャンダルになるように、緋奈先輩にも恋人ないしその噂《うわさ》が立ったらそれだけで校内新聞に載《の》るようなビッグニュースなのだ。

穏やかな学校生活を送りたい俺は、できるだけ緋奈先輩との関係を内密にしておきたい。それに二人だけの秘密とかちょっと背徳感あるし。

「じゃあ具体的には聞かないから、それがどれくらい嬉《うれ》しいことだったか抽象的に教えてよ」

「それくらいならまぁ……」

俺の内心など露知らず、神楽が条件付きで交渉を持ちかけてくる。

柚葉もどうやら俺がご機嫌な理由に興味津々《きょうみしんしん》なようで、食べていた弁当の箸を止めて俺に熱視線を注いでいる。

具体的に答えなくていいならまぁいいか、と渋々承諾すると、神楽が「それじゃあ」と早速質問を始めた。

「それは柊真にとってどれくらい嬉しいことですか」

「そうだな。10連でピックアップキャラが2体出たときくらいかな」

「相当嬉しいことだったんだね」

「ねぇ何その例え。私よく分かんないんだけど？」

「自販機から一回に二本飲み物が出てきたって思えばいいよ」

「それはすごい⁉」

小首を傾《かし》げる柚葉に神楽が補足しつつ、質問は次に向かう。

「なら次は、それは現実で起きたこと？　それともゲーム？」

「現実だよ。ゲームだったら神楽に教えてる」

「ゲームじゃなくて現実か。そしてそれで僕に言えないことねぇ」

「うーん。しゅうが現実で起きたことで嬉しいことねぇ。全然見当つかないや」

「お前俺のこと興味なさ過ぎだろ」

「アンタが普段つまらなそうに生きてるせいでしょ」

柚葉にジト目を向ければ全く同じ視線を返された。おまけに柚葉の言ったことは正論だからバツが悪い。

俺が顔をしかめていると思案中の神楽が唸《うな》っていて、やがて降参を表明するように手を上げた。

「全然思いつかないや。ひょっとしてカノジョでもできた？」

「ぶぅ⁉」

「うわきったな⁉　お前っ、俺に向かって毒霧すんなよ！」

神楽の適当な質問に大仰な反応を示したのは俺ではなく柚葉だった。

柚葉は驚愕《きょうがく》に目を剝《む》くと、水分補給用に口に含んでいたお茶を飲み込めずに俺の制服にぶっかけてきた。

「ケホッケホッ……っ！　しゅ、しゅしゅしゅしゅう⁉　カノジョできたの⁉」

「こんな死んだ目の人間にカノジョなんてできるわけないだろ。つかお前マジでやってくれたな。どーすんだこれ。びしょびしょじゃねえか」

「それは本当にごめん。でも私悪くないもん！　神楽が急に変なこと言い出したからだもん！」

たしかに柚葉の言い分にも一理ある。ちなみに、毒霧の被害を受けていない言い出しっぺの神楽はけらけらと笑っていた。邪悪の化身か、コイツは。

「だって、柊真が現実で起きた嬉しいことって全然思いつかないんだもん。あとはお金拾ったくらいしか」

「お金拾ったらまずは交番に届けんだろ。つかカノジョできたら真っ先にお前に報告するわ。その次にお前を嘲笑《あざわら》いながら報告してやろう」

「むきー！　なんで私だけバカにされながら報告されるのよ⁉　こんな意地悪な男好きになる女子なんかいないっての！」

「安心しろ。俺がからかうのはお前だけだ」

「ちっとも嬉しくないし⁉」

俺が邪悪に口許《くちもと》を歪《ゆが》めると、柚葉がご立腹とでも言いたげに両腕を振った。

「……はぁ。焦《あせ》って損した」

「？　なんか言ったか？」

「死ね」

「ド直球の暴言止《や》めろ」

初めて女子に死ねって言われたわ。

何か柚葉が呟《つぶや》いた気がしたので訊《たず》ねてみたのだが、どうやら俺の聞き間違いだったみたいだ。

「いてっ。今度はなんだよ」

「べつにっ！　ただしゅうにムカついただけ！」

「……お前の情緒訳わかんねぇな」

ぷくぅ、と頰を膨らませた柚葉が何の脈絡もなく腕を殴ってきて、理由を聞けば逆ギレされた。

もうコイツのことは暫《しばら》く放っておくのが一番賢明だと理解した俺は、嘆息を落として弁当を食べる箸を進めた。

「で、結局カノジョはできたの？　できなかったの？」

「できねぇよ！　もうこの話止め！」
今日の昼休みも滞りなく、晴天に漂う雲のように穏やかに過ぎていく。

――　2　――

緋奈先輩と連絡先を交換してから、時々ＬＩＮＥをやり取りするようになった。
――ポコン。
『雅日《みやび》くんてカエルが好きなんだ⁉』
驚いた絵文字とともにメッセージが返ってくる。
『はい』
『……意外』
『カエルというより動物が好きって感じですかね』
『ネコとか？』
『ネコよりかはハリネズミ派です』
『珍しい』
姉ちゃんからもアンタがそういうの好きなの意外とよく言われるから、たぶん緋奈先輩も画面の向こうで驚いてるんだろうな。

自分を知ってもらえることが嬉しくて、堪《たま》らずニヤケてしまう。

「先輩と話すの、めっちゃ楽しいな」

乙女みたいに足をパタパタさせちゃう。

高揚感に浸っている間にもやり取りは続き、

『カエルが好きでハリネズミが好き……独特ね』

『周りからもよく言われます……でも可愛《かわい》いんですよ？』

『カエルを可愛いと思ったことないわ』

まぁ、道端にたまにいるカエルに愛着なんて湧かないわな。それに緋奈先輩は女子だしな。そういう系は苦手かもしれない。

エサとかあげてる動画を見るだけでも可愛いと思える要素は詰まっているのに、と一人唸っていると、

『それじゃあ魚は好きなの？』

『魚も好きですよ。ジンベエザメが好きです！』

『男の子ね～』

あの巨体でまったり泳ぐところがいいんだよな。一度でいいから沖縄の美《ちゅ》ら海《うみ》水族館に

行って生ジンベエザメを拝んでみたい。

その時はカノジョと一緒に観《み》たいなー、などとおそらく未来永劫叶《みらいえいごうかな》わないであろう夢にトリップしていると、また次のメッセージが返ってきた。

『そんなに動物が好きなら何か飼ってるの？』

『いえ。何も飼ってません』

『魚も？』

『はい。やっぱり飼育が大変なので』

『そうだよねぇ』

『なので動画観たり、たまにペットショップに行って眺める程度です』

『分かるわ。私も同じ』

生き物を飼うとは大変なのだ。子どもの頃に縁日で掬《すく》った金魚を飼ってみたり、小学校の生き物係で飼っている鶏の世話をしたことがある者は少なからずいるだろう。俺は寿命を迎えた動物たちの死に耐えられず飼うという選択を止めた。何かしら動物を飼っている者なら誰もが通る道とはいえ、やはり別れは辛《つら》い。今はこういう関わり方でいいと思っているし、満足もしている。

『ところで雅日くん。今度の休みの日って空いてる？』

「今度の休み？」

唐突に緋奈《あかな》先輩からそんなメッセージが送られてきて、思わず眉根を寄せる。

『はい。俺は年中暇です』と返せば十数秒後、

『そう。なら次の土曜日、一緒にお出掛けしない？』

「──は？」

再び返ってきたメッセージに、俺は一瞬目を疑う。

『あの、俺柊真《しゅうま》ですけど』

遊びに誘う相手を誰かと間違ってないか？　もしくは姉ちゃんと間違えているのかと思ってそんなメッセージを返せば、

『？　うん。雅日くんよね』

知ってる、と伝えたいようなアイコンがメッセージとともに返ってきて、俺は猶更《なおさら》目を疑った。

夢じゃない？

緋奈先輩と、出掛けられる？

尽きぬ疑問と邪推が脳内で反復している。

何度メッセージを見ても、目に焼き付くほどそれを確認しても、緋奈先輩が誘っている

相手が俺であるとの事実を突きつけてきて――。

『いいんですか？』

『うん。雅日くんと一緒にお出掛けしたいな！』

トドメの一撃にそんなメッセージをもらってしまえば、もう躊躇《ためら》いなんてなくて。

シュタタタッ！　と目にも留まらぬ速さで文字を打つ。

『是非！』

『じゃあ決まりね！　……詳しいことはまた今度にしよっか』

提案に乗ってしまったことにわずかな後悔と後ろめたさはありながら、しかしそれ以上にやはり、男としての欲望が勝ってしまって――

「こんなこと、あっていいのかよ」

ぽふん、と枕に顔を埋《うず》めながら、俺は抑えきれない高揚を熱い吐息にしてこぼした。

――土曜日。

「ええと、ここで合ってるよな？」

緋奈先輩と出掛けることとなった当日。待ち合わせ場所に予定よりずっと早く着いた俺は、何度もスマホと集合場所を交互に確認しながらそわそわしていた。

「緊張して全然寝れなかったし、三十分も早く着いちまった。つか、変な所ないよな？」

普段はコーデなんて全く気にしないが、今日はそんな適当なことはできない。なにせ、今日のお出掛け相手はあの緋奈先輩なのだ。それなりに見栄えのする服装で会わなければ釣り合いなんて取れない。ただでさえ分不相応《ぶんふそうおう》なのだから、こんなものは必要最低限の礼儀だ。ちなみに、服やら髪のセットには三時間くらい掛かった。

全ての準備を整えた俺を見た母さんが「貴方《あなた》、これからデートにでも行くの？」と驚くほどだったから見てくれは悪くないはず。とはいえこれを最終的に評価するのは緋奈先輩なので、俺の気分が絶好調になるか絶不調になるかは先輩の感想次第だ。

「流石《さすが》に早すぎたな」

ひとまず近くの開いてる喫茶店でも行って時間を潰そうか、と考えていると、

「ねぇ、キミ何してるの～？」

「――っ！」

不意に声を掛けられて、反射的に肩を震わせた。そんな驚愕《きょうがく》する俺に、いつの間にか目の前に立っていた二人の女性がくすくすと笑っていて。

「な、何か用ですか？」

「う〜ん。用があるといえばあるし、ないっていえばないかな」

どっちだよ、と内心ツッコみながら警戒の色を濃くする。一歩後ろに下がる俺に、明らかに年上のお姉さん二人は不敵な笑みを浮かべると、

「ねぇ、キミ。暇《ひま》ならお姉さんたちと一緒に遊ばない？」

「いえ、遠慮しときます」

ナンパだった。……つか、ナンパなんて初めてなんですけど。

よりによってなんでこんな大切な日に、と舌打ちする俺とは裏腹に、お姉さんたちは一向に退《ひ》く素振りをみせず、何なら距離まで一歩詰めてきて、

「ねぇ、いいでしょ。もし友達と遊ぶなら、その子も一緒でいいからさ。お姉さんたちと楽しいことしない？」

「しないです。それに待ってるのは友達じゃありません」

「友達じゃないならカノジョ？」

「カノジョじゃないです」

よく分からん、と首を傾《かし》げたあと、お姉さんは「まぁいっか」と自己完結して、

「なら猶更あたしたちと遊ぼうよ。きっと楽しいよぉ？　三人で頭がおかしくなるようなことしよ？　こんな美人二人の相手できる機会滅多にないよぉ〜？」

あ、これそういうやつか、と理解と同時に身構えた瞬間、俺の下半身に意図的に太ももを押し付けてきたお姉さんがぺろりと舌舐《したな》めずりする仕草を見せた。

まるで獲物を見つけた狩人《かりゅうど》の目つきだった。

「——ひっ」

「反応可愛い～。キミ、ひょっとして童貞？　なら、猶更お姉さんがすぐに食べちゃいた……」

「マジで勘弁してくだ——うおっ！」

首筋に熱い吐息が掛かり、迫り来る猛獣の毒牙《どくが》に掛かりそうになったその寸前、誰かに手を摑《つか》まれて、そして勢いよく引っ張られた。

咄嗟《とっさ》のことに成《な》す術《すべ》なく力の掛かった方へ引っ張られる身体《からだ》を抱き留めたのは、柔らかくて甘い香りだった。

「——私の弟くんに何か用かしら？」

「……え？」

「あ、これヤバ……」

ハッと顔を上げた瞬間——それが誰なのかはすぐに判《わか》って。

そして、それと同時に彼女が今まで見たこともない形相《ぎょうそう》をしていることに息を呑んだ。

只《ただ》ならぬ圧を放つ女性——緋奈先輩に、息を呑んだのは俺だけじゃない。直前まで俺をナンパしていた女性たちでさえ萎縮《いしゅく》し、「失礼しましたァァァ！」と尻尾を巻いて猛ダッシュでこの場から去っていった。

「——ふぅ」

「…………」

ナンパをものの数秒で撃退し、安堵《あんど》する緋奈先輩にただ茫然《ぼうぜん》と見惚《みと》れていると、先輩が俺のそんな視線に気づいた。

「大丈夫だった、雅日《みやび》くん？」

「は、はいっ！　おかげで助かりました」

慌てて緋奈先輩から離れて、それからぺこぺこと頭を下げる。

「すいません。まさかナンパに遭うなんて想像もしてなくて」

「私もびっくりしたよー。なんか見慣れた人がいるなー、って思って近づいてみたら、それがまさか雅日くんだったんだもん」

でもキミが無事でよかった、と柔らかく微笑《ほほえ》む緋奈先輩。一方の俺は、先輩に助けてもらった事実に情けなさを覚えて奥歯を噛《か》みしめた。

いきなり先輩を幻滅させるようなことをしてしまった。

そんな俺の後悔とは裏腹に、先輩はそっと腕を伸ばすと、紺碧《こんぺき》の双眸《そうぼう》を細めながら頭を優しく撫《な》でてきて、

「でもキミがナンパされちゃったのもおかしくはないかな。だって、すごくカッコいいもん」

「——っ！　……そ、そうですかね」

「うん。カッコいい」

いつもと違くてびっくりしちゃった、と驚く先輩に、俺はその言葉が嬉《うれ》しくて顔が見られなくなる。

「(先輩にカッコいいって言ってもらえた！　なんだこれ、めっちゃ嬉しい！)」

先ほどの恐怖はいつの間にか消えていて、今の俺の胸中は高揚と歓喜で埋め尽くされていた。

我ながら単純だと呆《あき》れる。けど、それでいいと思えた。先輩にそう評価してもらえるなら、たとえそれがお世辞だとしても、光栄なことには何ら変わりないから。

「先輩も、今日すごく綺麗《きれい》です」

「ふふ。そう？　変じゃない？」

「変な所なんて何一つないです。本当に、すごく、すごく綺麗です」

「あはは。褒めてくれてありがとう」

視界が先輩一人で満たされてしまうほど、先輩は綺麗で、美しくて、可愛《かわい》かった。

くるりとスカートを翻《ひるがえ》してみせて、ウィンクしてみせる先輩。この人、やっぱ自分の可愛さ理解してるよな。それを惜しみなく魅せてくるから心臓に悪い。

今日、ずっとこの人と一緒にいられるのか。

胸には、緊張と嬉しさが同時に込み上がる。ごちゃまぜになった感情の中で、その二つが胸を満たして支配する。

「よし。それじゃあちょっと早いけど、早速遊びにいこっか」

「はいっ！　先輩となら何処《どこ》にでも行きます」

「あはは。嬉しい返事ね。そういうことなら、今日はとことん私に付き合ってくれるかしら」

「喜んで！」

くすりと微笑む先輩に俺は迷う素振りすらみせず頷《うなず》いてみせた。

それからゆっくりと歩き出す先輩の歩調に合わせて、俺も歩きだす。

「でも本当に大丈夫だった？　なんだかあと一歩で襲われそう……というより食われそうになってたけど？」

「あはは。正直、ちょっと怖かったです」

「男の子だってそういうのに遭うんだからちゃんと注意しないとダメよ？」

「普段は全然絡《から》まれないんですけどね。なんで今日はナンパされたんだろ？」

「……それはキミがカッコいいからじゃないかな」

「？　何か言いましたか？」

「ううん。なんでもない。私よりあのお姉さんたちと遊べた方がよかったかなって」

「まさか。緋奈《あかな》先輩以外の誘いなんて光栄でもなんでもありませんよ」

「それは私としては嬉しい限りだけど、でも大丈夫？　学校で友達とちゃんと仲良くできてる？」

「それについては問題ありません。もとより友達は少ないので！」

「それを平然と言える雅日くんの精神に感服するわ……」

和気藹々《わきあいあい》と会話を弾ませながら、歩調を合わせて歩いて行く。

こうして、俺と緋奈先輩の楽しいショッピングが始まっ――

「あ、そうだ。ねぇ、雅日くん」

「は、はい。なんでしょうか？」

楽しいお出掛けが始まると思いきや、不意に緋奈先輩に服を引っ張られて身体がつんのめる。慌てて振り向くと、先輩はにこっと笑って言った。

「今日は先輩呼び禁止ね！」

「じゃあどう呼べと⁉」

左右の指を重ねて×《ばってん》を作った先輩。狼狽《ろうばい》する俺に、緋奈先輩はしれっとハードルの高い要求を送ってくる。

「普通に苗字《みょうじ》か名前で呼んで欲しいな」

「そんな恐れ多いです！」

「キミは私を神だとでも思ってるの？」

「神ではなくとも聖母だとは正直思ってます」

「少なからずキミが私に恭《うやうや》しく接している原因が分かったわ」

緋奈先輩は一つため息を落とし、

「だったら猶更《なおさら》、今日は先輩呼び禁止にしなくちゃね」

「じゃあ聖母って呼べばいいですか？」

「どんどん悪い方向に進んじゃってる⁉　普通に名前か苗字で呼べばいいんじゃないかな⁉」

それも中々にハードル高いんですけど。

ただでさえ雲の上の存在だと思っているのに、そんな急に距離を縮める真似《まね》なんて恐れ多くてできるはずがない。俺にとって先輩は先輩なのだ。

しかし、そんな言い訳を先輩が許してくれるはずもなく。

「今から私のことを先輩以外で呼ぶまで一歩も動いてあげない」

「んなっ⁉　そんな急に子どもっぽいことしないでくださいよ！」

「あら。私って意外と子どもなのよ。普段は周りの目もあるから大人っぽく振舞ってるだけで、真雪《まゆ》と一緒にいる時なんかは結構駄々こねたりするのよ？」

「俺は姉ちゃんの弟であって姉ちゃんじゃないんですけど」

「でもキミからは真雪と同じ雰囲気を感じるわ。姉弟《きょうだい》だから似てるのね」

「だからって……」

狼狽《ろうばい》する俺なんてお構いなしに先輩は拗《す》ねた子どもみたいにそっぽを向く。そして本当にその場から動かなくなってしまった。この人、意外とワガママなのか？

しかしせっかくの先輩とのお出掛けなのにこんな場所で道草を食うのは惜しい。

逡巡《しゅんじゅん》する俺を、緋奈先輩はちらちらと期待を宿した瞳で見てくる。……ああもう！　なんだよその可愛い反応は！　卑怯《ひきょう》だろ！

直視できない可愛さに日頃腐っている性根を浄化されながら、俺は指を一つ立てて、

「そ、それじゃあ、緋奈さん……で、どうでしょうか」

「藍李《あいり》って呼んでくれないの？」

「どうか名字で勘弁して頂けないでしょうか！」

と全力で懇願すれば、緋奈先輩——改め、緋奈さんはくすくすと笑って。

「ごめんごめん。ちょっとからかいすぎたね」

そう言って目尻に浮かんだ涙を指で払うと、

「うん。今はそれで許してあげます」

「……ありがとうございます」

今は、という言葉が気掛かりに感じたが、ひとまずこの修羅場を潜《くぐ》り抜けたことに胸を撫でおろした——が、

「はい、それじゃあもう一回言って？」

「え」

唖然《あぜん》とする俺に、緋奈さんはにこにこと笑いながら、

「もう一回。私のこと呼んで」

「いや、それは、あの……」

「呼べないの？」

なんだこの威圧感は。拒否権があるのに、それを全く行使させる気がない。

潤んだ瞳が「呼んで欲しい」と訴えかけてくる。こんなの、応えないとダメなやつだろ。

「……あ、緋奈さん」

「もう一回」

「緋奈、さん」

「ついでに下の名前も……」

「もうほんと勘弁してください！」

羞恥心《しゅうちしん》に耐え切れず顔を真っ赤にして白旗をあげれば、緋奈さんは「あははっ」とお腹《なか》を抱えながら笑った。

「悪魔ですか緋奈さんは⁉」

「ごめんごめん。キミに『緋奈さん』って呼ばれることが思った以上に嬉しくて。それでつい調子に乗っちゃった」

「はぁ。俺に呼ばれたくらいでこんな喜ぶのなんて緋奈さんくらいですよ」

「えぇっ、そうかな？　意外とキミに名前を呼ばれて嬉しく思う女の子いると思うけど」

それはもう俺のことが好きなやつだ。そしてそんなやつはこの世界にはいない。

……ん？　待てよ。その理屈で言えば、緋奈さんは俺のことが好きだってことになるな。

……流石《さすが》にそんなバカげた話はないか。俺がこの人とちゃんと話し始めたのもつい最近だし。

そう簡単に人に好かれる性格ではないことは、悲しいことに自分自身の人生で体験済みなのである。故に、浮かれることはあっても己惚《うぬぼ》れはしない。

「満足してくれましたか？」

「うん。大満足。でも、もう一度だけ呼んで欲しいな」

「もぉ。これでひとまず最後ですよ？」

「うん。もう一回、私のことを呼んで」

「──っ」

刹那。その切望と熱を灯《とも》した紺碧《こんぺき》の瞳に、思わず息を呑んだ。

一瞬でも気を緩めれば意識を彼女に引き込まれてしまいそうな、勘違いしてしまいそうな距離感と空気に、心臓の鼓動は速さを増すばかりで。

「──緋奈さん」

「うん。よくできました。雅日《みやび》くん」

こんなにも人に触れたいと思ったのは、きっと、生まれて初めてだった──。

――　3　――


「ふぉぉ。可愛いぃぃぃ」

「ふふ」

　緋奈さんとのショッピングデート（付き合ってないのでデートではないけど）は、まず初めに緋奈さんが必要としていた日用品を購入した所から始まり、そして現在はペットショップに足を運んでいた。

　子犬が尻尾を振ったり、他の子犬とじゃれ合っている風景を堪能《たんのう》していると、隣からくすくすと笑う声が聞こえてハッと我に返る。

「す、すいません。俺だけ楽しんじゃって」

「ちゃんと私も楽しんでるよ。ただ、雅日くんの反応が可愛くてつい見つめちゃった」

「そ、そんな可愛いなんて思われることしたつもりはないんですけど」

　顔を赤くする俺に緋奈さんは「全然可愛かったよ」と追撃してくる。……恥ず。

「でも、雅日くんは本当に生き物が好きなんだね」

「犬とか猫って基本皆好きだと思いますけど」

「恐怖症がある人以外はね。私も好きだよ。犬か猫どっちが好きかと言われたら、猫派だけど」

緋奈さんはガラスの向こうにいる子犬たちにごめんねと謝りながら、

「でも雅日くんは生き物を平等に愛してるって感じがする」

「そうなんですかね？　自分ではよく分からないんですけど」

他人から見ると俺はそう見えるのか。

「うん。さっきも水槽で泳ぐ魚たちをすごく楽しそうに見てた。今みたくね」

「どちらかといえば俺は魚の方が好きです」

「あはは。素直じゃない。でも、もしかしたら雅日くんにとってはそうなのかもね」

けれど肝心なのはそこじゃない、と緋奈さんは子犬たちに手を振りながら、

「キミは、きっと色々なものに愛情を持てる子なんだろうな」

「そんな。過大評価ですよ。俺は、誰かに愛情を持ったことも、心の底から大切にしたいと思ったこともないんです。家族はべつとして」

と照れもなく言えば、緋奈さんは「ふふ」と笑って、

「お姉さんは大切？」

「やかましい姉ですけど俺にとっては一人だけの姉ちゃんですから。大切なのは当然で

す」

「そっか。そんな風に想《おも》ってもらえるなんて真雪が羨ましいな」

それが心の底から本音を言ってるように感じて、俺は視線を緋奈《あかな》さんに移した。

「緋奈さんにだって、緋奈さんを大切に想ってくれる人はいるでしょ？」

「うん。いるよ。でも、一人でいることが多いとね、時々寂しくなるんだ」

そういえば一度だけ緋奈さんの家を訪れた時、やけに静かだったな。一人暮らしか家族で暮らしてるかは覚えてないけど、あの閑静《かんせい》さ的に前者に思える。

あの大きな部屋に一人でいれば、孤独を感じるのも無理はないかもしれない。

「――――」

「――――」

ふと、緋奈さんが俺に振り向くと、紺碧の瞳を大きく見開いていた。彼女に見つめられている。どうして俺に振り向いて、そして見つめているのか。眉根を寄せる俺の視線が、不意に伸ばされた腕を捉えた。そして、その先が目の前の女性――緋奈さんの頭を撫《な》でていることに、遅れて気付く。

「――うおっ⁉　何してんだ俺⁉」

ハッと我に返って慌てて手を引っ込めれば、俺はすぐさま緋奈さんに頭を下げた。

「すいません！　勝手に頭なんか撫でて！」

「う、ううん！　平気！　ただちょっと驚いちゃっただけだから」

びっくりした、と目を瞬《しばたた》かせる緋奈さん。内心では俺も驚愕《きょうがく》しっぱなしだった。

『なんで俺、緋奈さんの頭なんか急に撫でたんだ？』

理由は、なんとなく判《わか》る。あの時、緋奈さんがわずかに覗《のぞ》かせた寂寥《せきりょう》の顔。それに耐えられなくなったんだ、たぶん。その憂いを取り除きたいと、そんな憂慮《ゆうりょ》が無意識に彼女の頭を撫でさせたのかもしれない。……それにしたって、カノジョでもない女性の頭を撫でるとかデリカシーがなさ過ぎだろ。

「本当にすいません。仲良くもない男に触られるとか嫌でしたよね」

「驚いたけど嫌ではなかったよ。──ううん。それより、嬉《うれ》しかったかな」

「え？」

ぽつりと呟《つぶや》かれた言葉に耳を疑えば、緋奈さんは俺が撫でた頭に自分の手を置きながら、まるで先ほどの余韻に浸るように双眸《そうぼう》を細めて、

「なんでだろう。さっき、少し寂しかったんだ。でも、雅日くんに頭を撫でられた瞬間、その寂しさが消えた気がした」

「それは……不快感から来た怒りで？」

　そんなわけないでしょ、と怒られた。

「私も不思議。奇妙な感覚だった。私ね、人に触られるのあまり好きじゃないの」

「俺もです」

「でも、キミに触れられるのは……うん。嫌いじゃない。ううん。もしかしたら、好きなのかも？」

「──っ！」

　緋奈さんが振り向く。

「ねぇ、もう一度、私に触ってくれる？」

「む、無理です」

「どうしても？」

「はい。こればっかりは。たとえ、緋奈さんの頼みであっても」

　俺と緋奈さんはただの姉ちゃんを通しただけの関係。恋人でもなければ友達でもない。せいぜい知り合い程度の関係だ。所詮はその程度の男が、どうして誰もが羨望《せんぼう》し崇《あが》める人に触れられるだろうか。

　これは、超えてはいけない一線なのだ。それを超えていいのは、俺ではなく姉ちゃんか、彼女の恋人になる人だ。

「そっか。ごめんね。変なことお願いしちゃって」

「いえ。もとはと言えば、俺が勝手に緋奈さんに触ったことが原因ですし」

きっと俺が触って安心感を覚えたのも、姉ちゃんに似た何かを感じ取ったからだろう。

俺が彼女に安心感なんて与えられるはずがない。

共感はできても、安寧《あんねい》を与えることは俺にはできない。

それでも、緋奈さんは微笑《ほほえ》んでくれて。

「でも、ありがとう。さっきは私のこと心配してくれて」

「当たり前です。目の前で悲しんでる人がいたら、助けたいって思うのが普通ですよ」

「じゃあ、もし私が助けて欲しい、って雅日くんを求めたら、その時は助けてくれる？」

「秒で駆け付けます」

「まさか即答されるとは思わなかった」

迷うことなく答えれば、緋奈さんはくすくすと微笑んで、

「そっか。ならその時は、思いっ切り雅日くんに甘えちゃおうかな」

「俺なんかの力でよければ、いくらでも頼ってください」

たとえ、この関係が紛《まが》い物だとしても、この瞬間限りだけのものだったとしても。

——この人の笑顔だけは守りたいと、何故《なぜ》か、そう強く思った。

―　4　―

昼食も済ませ、その後はぶらぶらと周辺施設を散策していた途中で一度トイレに向かい、急ぎ足で帰ってきた俺に待ち構えていたのは、

「あ、お帰り雅日くん」

「おやおやぁ。その子は一体誰かなぁ？」

本日二度目となる、全く見知らぬお姉さんたちとの邂逅《かいこう》だった。

ただし一度目と異なるのは、そのお姉さんたちと緋奈さんが友好的だったということだ。

「あの、どちら様……ぐぇぇ」

「ふむふむ。中々悪くない顔だ。全然可愛《かわい》くないけど端整じゃないか。俗にいう塩顔イケメンというやつだね」

「ちょっと！　勝手に抱きつかない！」

突然腕に抱きついてきた、人との距離感がバグってる女性に、緋奈さんはぷりぷりと怒りながら引き剝がした。

それから緋奈さんは「ごめんね」と俺に謝り、

「紹介するね。この子たちは私の友達で……」

「八弥心寧《ややここね》だよん！」

「志摩鈴蘭《しますずらん》！　よろしく～」

「……よ、よろしくお願いします」

名前といいオーラといい、明らかに陽キャ側な人たちというのが第一印象だった。

茫然《ぼうぜん》と立ち尽くす俺を余所《よそ》に、心寧と名乗った金髪のツーサイドアップが特徴的な女性がニヤニヤしながら緋奈さんに訊《たず》ねる。

「それでぇ、この子はもしや藍李《あいり》のカレシくんなのかなぁ～」

「違うわよ。この子は雅日柊真《みやびしゅうま》くん」

「おや？　雅日ってことは？」

「うん。そうだよ。雅日くんは真雪《まゆ》の弟くんなの」

「まゆっちの弟⁉」「マジで⁉」

驚く二人に、俺はビクッと肩を震わせながら、

「は、はい！　真雪の弟の柊真、です。お二人は姉ちゃんの友達、ですかね？」

「うん。藍李の友達ってことは、必然とまゆっちの友達にもなるよね！」

「まゆっちとは全然印象の違う子だねぇ。なんというか、すごく礼儀正しい」

「そうなのよ。真雪とは大違いよね」

全然違う、と二人声を揃《そろ》えて肯定する。たしかに俺と姉ちゃんは性格も趣味も真逆に等しいけれど。

「でも言われてみれば、たしかにどことなく顔は似てるかも？」

「雰囲気もちょっと似てる？」

「どう、ですかね。活発な姉ちゃんと違って、俺は内向的なんで」

「そんな弟くんを振り回すなんて、藍李も罪な女ですなぁ」

「あはは。雅日くんとお出掛けしてみたいなって思って」

「男の誘いなんて今まで一度も受けなかったアンタがまさか自分から誘うなんてねぇ」

初耳だ。

驚く俺に、鈴蘭さんが悪戯《いたずら》な笑みを浮かべて言った。

「よかったね弟くん。藍李に気に入られて」

「ワンチャンあるかもよぉ？」

「もうっ。雅日くんに変なこと吹き込まないの！　気に入ってるのは本当だけど」

「「本当なの⁉」」

まさかの肯定に驚く二人。俺も驚愕に目を剝《む》く。

「うん。本当だよ。じゃなきゃお出掛けになんか誘わないもの」

「本当に意外だぁ。……キミ、藍李に何かした？」

「何もしてないですよ！」

催眠術でもかけたか？　と疑いの眼差《まなざ》しを向けられて、即座に否定する。つか、催眠が成功するなんてフィクションの世界だろ。

ハイテンションなギャルお姉さんたちの圧に呑《の》まれていると、心寧さんがニマニマと口を歪《ゆが》ませながら俺に忠告してきた。

「なんにせよ弟くん。この奇跡を逃しちゃいけないよ～。今まで数多《あまた》の男子が藍李様の気を引こうと躍起《やっき》になってたんだから」

「今もだけどなっ」

「下心しかない人たちなんか興味ないわよ」

「と本人は申しておりますが」

「雅日くんはそんな人と違うわ。私を〝私〟として見てくれるいい子よ」

「マジで何をしたんだ弟くん」

「いや。俺は特に何かした覚えはないんですけど……」

気になる、と二人に好奇の眼差しを向けられる。俺としては本当に何もしてないのだが。

ただ、強《し》いていえば、緋奈《あかな》さんが風邪を引いた時にお見舞いしたくらいだ。けどそれで好感度が爆上がりするほどチョロい人ではないはず。

あとは、そうだな。姉ちゃんの弟だから、くらいか。

なんにせよ、二人が期待しているような関係ではないのだ。俺と緋奈さんは。

「気になる！　どうやって弟くんが藍李の気を惹《ひ》いたのか！」

「これは乙女として探らざるを得ないっしょ！」

「ちょ、あんまジロジロ見ないでください。美少女耐性ないんです俺」

ジト目で睨《にら》んでくるギャル二人に気圧《けお》されていると、緋奈さんがそんな二人の首根っこを抓《つま》んで忠告した。

「こらっ。あまり雅日くんを困らせないでよね。それと、今日のことも誰にも口外しないこと。もし誰かに話したら……分かってるわよね？」

「消される⁉」

「そんな酷《ひど》いことしません。社会的に殺すくらいよ」

「ほぼ同じだけど⁉」

絶対に言いふらしません！　と涙目で誓う二人に緋奈さんは「よろしい」と嘆息を吐くと、抓んでいた首根っこをぱっと放した。

「それじゃあ、私たちはこれで失礼するわね」

「私たちもまゆっちの弟くん気になるのでご同行しても……」

「何か言ったかしら？」

「いえ⁉　何も言っておりません！」

緋奈さんの放つ威圧感に気圧され、怪しげな笑みを瞬《また》く間に引っ込めて敬礼する二人。

露骨に萎縮《いしゅく》する二人に苦笑していると——

「さっ、行きましょ。雅日くん！」

「あ、緋奈さん⁉」

唐突に緋奈さんが俺の腕に抱きついてきた。

驚愕《きょうがく》に目を剝く俺に緋奈さんは悪戯《いたずら》っぽくウィンクしたあと、後ろで唖然《あぜん》とする二人に振り返って、

「じゃあね二人とも。くれぐれも、私と雅日くんの楽しいデ、、ートの邪魔しないように！」

念押しするように忠告して、緋奈さんは俺の腕に抱きついたまま歩き始めた。歩き出すというよりは、俺を引っ張るように足を前へ進める。

狼狽《ろうばい》する俺は顔を真っ赤にしたまま、もつれそうになる足で必死に緋奈さんに付いて行く。

「あ、あああ緋奈さん⁉」

「どうしたの？」

「これは流石《さすが》にマズいですって！」

「いいでしょ。デートならこれくらい普通よ」

「いつからただのお出掛けがデートになったんですか⁉」

「たった今からよ」

「急にも程がある⁉」

　唐突にも程があるし、心の準備なんてできやしなかった。

　頭が情報処理に追いつけず錯乱する俺に、緋奈さんは腕にしっかりと豊満な胸を押し付けながら、小悪魔的な笑みを浮かべて、

「私とのデートは嫌？」

「っ！　……嫌なわけ、ないじゃないですか」

「なら何も問題ないわね。引き続き、デートを楽しみましょ」

「……顔、あっつ」

　緋奈さんの少しだけ朱に染まった頬と高揚に揺らめく紺碧《こんぺき》の瞳に、心臓がドクン、とこれまで感じたことのないほどに跳ね上がった。

友達が顔を真っ赤にする男の子の腕に絡《から》みつきながら去っていく後ろ姿を、私と鈴蘭はただ茫然《ぼうぜん》と立ち尽くしながら眺めていた。

「あー。あれは完全に恋する乙女の顔ですなー」

「ですなー」

まさかこれまで一度たりとも男どもの告白を受け入れてこなかった藍李に春が訪れようとは。しかも、相手は年下。おまけに親友の弟。

「そういや、まゆっち弟がいるって言ってたっけ。同じ高校とも言ってたような？」

「となると弟くんは私たちの一つ下の学年か」

「我が校一の美女様はまさかの年下好きだったかー」

まぁ、藍李本人が付き合うなら年上は絶対にない。あるとすれば同い年か、年下と豪語してた気がしなくもないけど。

でも年下にだって告られてなかったっけ？　それも全部迷う素振りなく一刀両断してたような。

となると、もしかして最初から弟くんのことを狙っていたのか？　だから年下と明言していたのか。てかいつから意識してたん？　めっちゃ気になるわ～。

「あの弟くん。どうやら藍李にとって相当特別だな～」

「くあぁぁ。二人の馴れ初《なそ》め知りたい～」

「それな。いつ尋問してやろうか」

少なくとも付き合い始めたら絶対尋問する。素直に自供するかは別としても。

「いやぁ。もし二人の関係が公《おおやけ》になったら、学校荒れるだろうな～」

「だよねぇ」

「……てかさ、この件言いふらしたら、私たちマジで藍李に抹消されるかも」

「……だろうねぇ」

それだけはマジで勘弁。しかしそうなると、私たちが現状できることはさっきの光景を記憶から抹消するか、二人の関係を大人しく見守るかのどちらかだ。

ふむふむ。

選択肢があるように見えてこれは実質一択だな。

「らんらん。私は今は大人しく見守るに一票入れるよ」

「同感。記憶から抹消するには勿体《もったい》ない」

やはり私らはズットモ。永遠に親友だ。

阿吽《あうん》の呼吸で互いの腕をクロスさせながら、私たちはもう殆《ほとん》ど見えない藍李《あいり》と弟くんの背中をなおも眺めながら、

「とりま、手は出さずに見守りましょか」

「さんせ〜」

「「……頑張れよ、弟くん！」」

たぶん藍李に振り回されるであろう弟くんに向かって、私と鈴蘭は自衛隊にも負けないくらい綺麗《きれい》な敬礼で見送ったのだった。

―― 5 ――

――夕焼けと夜空が入り混じる逢魔《おうま》が時の空はなんて美しいんだろうか、なんて普段は思いもしない感慨に耽《ふけ》ってしまうのは、隣に並ぶ彼女の横顔がそれに負けないくらい美しいからかもしれない。

「緋奈さん」

「ん？　どうしたの？」

既にショッピングモールから遠く離れ、今は緋奈さんを自宅近くまで送り届けていた。

その道中、彼女の名前を呼べば、今日は何度も見た柔和《にゅうわ》で可憐《かれん》な微笑《ほほえ》みが振り向いてくれて。

「今日は、どうして俺をお出掛けに誘ってくれたんですか？」

「────」

ずっと気掛かりだった質問を今日のお出掛けの終幕間際《まぎわ》にようやく口に出せれば、緋奈さんは少しだけ思案する表情をみせた。

じっと、緋奈さんが口を開いてくれるまで待つ。

時間にして五秒ほどか。うん、と短く相槌《あいづち》を打った緋奈さんが顔を上げて、

「理由は、すごく単純よ。私は、もっと雅日《みやび》くんのことが知りたいと思ったの」

「それだけ、ですか？」

戸惑う俺に、緋奈さんはこくりと頷《うなず》いた。

「ほら、私たちって、真雪《まゆ》を挟んでそれなりに面識があるでしょ」

「はい」

「でも、ちゃんとした交流は一度もしたことがなかったな、って」

「それで、今日のお出掛けを提案してくれたんですか？」

つまり、仲良くなるために、ということだろうか。

そんな俺の推論に、緋奈さんはふるふると首を横に振り、

「半分当たってるけど、半分は違うよ」

と答えた。

緋奈さんは少し先を歩くと、そこでくるりとスカートを翻《ひるがえ》し、

「キミと仲良くなりたいと思ったのは本当。真雪からよくキミの話を聞いててね、そしてキミと顔を合わせる度にずっとキミを知りたいと思ってたの」

「そんな。俺は緋奈さんが興味を抱くほどの人間じゃありませんよ」

何もない凡人です、と自嘲気味に言えば、緋奈さんはしかし否定してきた。

「ううん。キミは何もなくなんかなかったよ。優しくて、思いやりがあって、笑顔が可愛《かわい》い子だった」

「それは……相手が緋奈さんだからです」

「あはは。それってつまり、雅日くんにとって私が〝特別〟ってことかな？」

「――っ」

悪戯《いたずら》な問いかけに思わず言葉が詰まった。そんな俺を見て、緋奈さんがくすくすと笑う。

「その質問はずるいです」

「知ってる。雅日くんは知らないかもだけど、女っていうのはキミの思ってる以上に狡猾《こうかつ》

なのよ」

「それでもし、仮にですよ。俺がその質問を肯定したらどうするんですか？」

「どうするか……少なくとも私は――嬉《うれ》しいかな」

「っ！」

先輩が勘違いさせてくる。その答えが、一縷《いちる》の望みくらいはあるんじゃないかと錯覚させてくる。

きっと俺をからかって楽しんでるだけだ――そう思いたいのに、彼女の強い眼差しがそれを否定させる。

一対しかない紺碧の瞳が潤みを帯びて揺れて、世界中どこにでもいるであろう極々平凡な男子高校生をジッと見つめていた。

「分かりません、俺には。たしかに俺と緋奈《あかな》さんは会話こそしたのは最近だけど、面識はずっと前からありました。でも、俺はアナタに興味を抱かれるような、好意を持たれるような人間じゃない」

「――――」

緋奈さんにとって俺は、ただの姉ちゃんの弟。そのはずなのに、なんで。

なんで、大して仲良くもない俺なんかに、まるで恋する乙女のような目を向けてくるん

くなる。

だ。

勘違いだと、何かの間違いだと、脳が否定を続ける。否定しないと、正常じゃいられなくなる。

「俺が先輩を〝特別〟だと思ってるのは認めます。先輩は超美人で可愛いし、綺麗《きれい》でスタイルだって抜群で。先輩のことを好きにならない男なんていないです」

いつの間にか先輩呼びに戻っていることに気付かずに、俺は緋奈さんに好意を抱いていることを認めた。緋奈さんは一瞬ムッとしながらもすぐに微笑を浮かべて、

「そうね。自分で認めるのもあれだけど、私は人からよく好意を抱かれるわ」

「美人も大変ですよね」

「うん。すごく大変。それで他の女子から疎《うと》まれることだってあるし」

「複雑っすね」

うん、と頷く緋奈さん。共感はできないけれど、同情はできた。

「でもね、たとえ数多《あまた》の人から好意を受けても、それに誠意がないと意味がないと思わない？」

「そう、ですね。下心百パーで近づかれても気味が悪いだけでしょうし」

「でしょう。私に近づいてくる人たちは今雅日くんが言ったように下心しかなかったわ」

そんなはずはない、とは言い切れないけど、中には純粋に緋奈さんのことを想《おも》っていた相手だっていたはずだ。けれど、結局緋奈さんの不信感は拭えず撃沈したんだろう。

「なら、俺が今、先輩と一緒にいるのは下心があるから、って認めたら、先輩はどうするんですか？」

「――――」

好意の確認をして、そしてそれを認めさせる問答を繰り返したんだ。ならば、この質問を予想していなかった緋奈さんではないはず。

緋奈さんは数秒黙り込んだあと、すぅ、と息を吐いて訊ねてきた。

「雅日くんは私と恋人関係《そういう》になりたいの？」

「――っ⁉　……その問い返しは卑怯《ひきょう》です」

真意を引きずりだすことに夢中になっている俺の意表を突いた問い返しに、思わず顔が赤くなる。緋奈さんは俺のその反応に「可愛い」と呟《つぶや》きながら笑い、

「それで？　雅日くんは私とそうなりたくて近づいたの？」

「……正直に言っていいですか？」

「うん。いいよ」

「……ぶっちゃけ、絶対にそういう関係にはなれないって思ってます」

「ふぅん」

その言葉に嘘偽《うそいつわ》りはない。緋奈さんと付き合う妄想なんて、そしてそれ以上の展開なんて、微塵《みじん》も想像できなかった。

だって、相手は遠く雲の上の存在で、高嶺《たかね》の花で、凡人の俺なんかじゃ手が届かない存在だから。

緋奈さんの質問は俺にとって、極論を言えば『神様と交際を考えたことある？』という質問に等しかった。神様とそんな関係になるなんて、大抵の人は考えることはおろか妄想すらしたことがないはずだ。

「緋奈先輩は俺にとって、高嶺の花なんです。今は少しだけ普通の女の子なんだなって思えますけど、でも、やっぱり俺にとって先輩は姉ちゃんのともだ——あっ」

緋奈さんは俺にとってどんなに手を伸ばしても届かない存在。奥歯を噛《か》みしめながら情けなく現実を吐く俺に——いつの間にか、ゼロ距離まで詰めていた緋奈さんが、真剣な顔をして手を握ってきた。

「私は神様でも高嶺の花でもない。触れようと思えば、こうして触れられるのよ？」

「——ぅ」

壁まで追い詰められた。喘《あえ》ぐ俺を鋭い視線で糾弾しながら、緋奈さんは五指を余すことなく絡《から》めてくる。図らずも恋人繋《つな》ぎとなった手に、息が詰まった。

「私は今、キミの目の前にいるんだけど？」

なんで俺、緋奈さんに問い詰められてるんだ？　頭の中でそんな疑問がぐるぐると回り続けている。

オーバーヒート寸前の頭に、銀鈴の、少し熱を帯びた声音が続けた。

「私。今日雅日くんと一緒に遊べて楽しかった。ペットショップも、食事も、ゲーセンも、私を一生懸命エスコートしようとしてくれて、キミが私を必死に楽しませようとしてくれたことがすごく嬉しかった」

「――――」

「キミと仲良くなろうとして正解だと思ったわ。真雪は雅日くんのことを愛想《あいそ》がない朴念《ぼくねん》仁《じん》みたいな弟って言ってたけど、全然違った。今日私が見た雅日くんは、よく笑って、人並みに緊張する子で、そしてずっと私を見てくれてた」

「それは……先輩が綺麗だからつい見惚《みと》れて」

「先輩じゃなくて、緋奈さん、でしょ？」

「……緋奈さんが綺麗だからで」

向けられた圧に耐えられず背筋を正せば、そんな俺を見て緋奈さんはクスッと微笑んだ。

光沢を纏《まと》う桜色の唇が怪し気に歪《ゆが》む様はなんて妖艶《ようえん》なのかと、思わず魅入ってしまうその僅かな間に、

「今日、雅日くん、私と合流する前に他の女の人たちにナンパされてたよね？」

「――っ‼」

ぺろりと、舌を舐《な》めずりする緋奈さんと今朝の出来事が俺の脳内で重なった瞬間だった。

緋奈さんの太ももが、俺の下半身に近づいていることに気付いたのは。

「男は猛獣ってよく言うけれど、女の子だって猛獣なのよ？」

「あ、緋奈さんは猛獣なんかじゃないです」

「どうしてそう言い切れるの？」

その質問に咄嗟《とっさ》に返すことができずに口を噤《つぐ》めば、蛇のようにゆるりと伸びた腕が俺の頬に添えられた。

「私は、キミが思っているよりずっと獰猛《どうもう》かもしれないし、下品な女かもしれないわよ？」

「～～～っ！」

クスクスと笑う緋奈さん。何もできず硬直する俺とどんどん距離を詰めていく。

「雅日くんは積極的な子は嫌い？」

「……いやっ、それは……っ」

「胸の大きな子より小さい子のほうがいい？　服従《ふくじゅう》させるより従えられたい派かな？」

「〜〜〜っ！」

「ちなみに私は前者かな」

一センチ。距離が近づくにつれて、緋奈さんの吐息が頬を撫《な》でて、全身の産毛《うぶげ》が総毛立つ。

「雅日《みやび》くんは特に、私の嗜虐心《しぎゃくしん》を煽《あお》ってくる。なんでだろ？」

「そ、そんなこと俺に聞かれても知りませんよ！」

頭も、心の臓も、下半身も、身体《からだ》の全てが爆発してしまいそうなほど、熱が身体中を駆け巡っている。

所詮は男と女。振り払おうと思えば力ずくで振り払えばいいだけなのに、けれどできなかった。身体に、力が入らなかった。

「ねぇ、もっと教えて欲しいな。私の身体が、キミで疼《うず》くわけを――」

「あ、緋奈せんぱ……っ」

知らなかった。緋奈さんに、こんな一面があっただなんて。

学校でもそんな噂《うわさ》何一つとしてなかったし、姉ちゃんからもそんな話は一切聞いたことがなかった。

緋奈さんて、実はビッ――

「ぷっ」

「ぷ？」

唇が奪われる。その寸前にギュッと固く瞼《まぶた》を閉じた俺の耳に、ふとそんな笑い声が聞こえた気がした。奇妙な音に恐る恐る固く閉じた瞼をゆっくり開くと、そこにはお腹《なか》を抱えて笑う緋奈さんがいて。

「あはは！」

「～～～～っ⁉　も、もしかして！　俺のことからかいました⁉」

羞恥心の爆発で茹《ゆ》だった蛸《たこ》のように顔を真っ赤にする俺に、緋奈さんは目尻に溜《た》まった涙を拭いながら、

「ごめんね。雅日くんの反応があまりに可愛《かわい》くて。だからついからかいすぎちゃった」

「――くっそ⁉　これ以上ない恥辱《ちじょく》ですよ！」

どっと深いため息を落とす。それと同時にいくらか落ち着きを取り戻した心臓が正常に鼓動を打ち始めた――その、瞬間だった。

まだ握られている手が、未《いま》だ妖艶に微笑《ほほえ》む緋奈さんが、油断した隙にまた顔を近づけて

きて。

そして、鼻先に息が当たるほどの距離で、こう言った。

「でも、私が積極的っていうのは本当だよ」

「──っ！」

心臓が、またドクンと跳ね上がった。

「あと、服従させたいって欲があるのも本当」

見つめる瞳が、それは偽りではないと訴えかける。

「……そう言ってまた、俺をからかってるだけじゃないんですか」

「信じてくれないんだ。私、無暗《むやみ》に誰かと手を繋ぐなんてしないのよ。男なんて猶更《なおさら》」

緋奈《あかな》さんはそう言って、五指を余すことなく絡めた指を俺に見せつけてくる。

「心音も聞いて欲しいな。すごくドキドキしてるの」

「これ以上密着したら、セクハラになっちゃいます」

「私が承諾してるんだからセクハラじゃないわよ。確認する？」

「しないです！」

「残念」と緋奈さんは愉快げにくすくすと笑って、そしてようやく手を離してくれた。

それと同時に密着していた身体も離れていく。再び保たれた距離感に、俺は深い、深い呼吸を繰り返した。

「ふぅ。やっぱりこういうのは緊張するね」

「俺は心臓止まりかけましたよ。からかうにも限度があります」

と糾弾すれば緋奈さんは両手を合わせて「ごめんね」と謝った。しかしその顔にはまだ笑みが残っている。反省しているようには到底見えなかった。

それからお互いに高揚した気分を落ち着かせようとしばらく無言の時間を過ごし、ようやく少し平常心を取り戻すと会話を再開した。

「それで、なんで急にあんなことしたんですか？」

「それは勿論《もちろん》、雅日くんに私のことを知ってもらいたかったからよ」

「とりあえず緋奈さんが想像しているより怖い人だということはよく分かりました」

そう答えると、緋奈さんは心外だとでも言いたげに頬を膨らませた。

「むぅ。私は雅日くんに好意があることを知って欲しかったんだけどなぁ」

「あんな攻められかたして好意があるとは思えませんよ⁉」

あれはエサを目の前にした餓《う》えた猛獣の目だった。と言えば、ようやく緋奈さんは反省したようにしゅん、と項垂《うなだ》れた。

「ひ、引いた？」

「若干引きましたけど。まぁ、正直言えば悪くは……いえ普通に引きました」

悪くはなかった、と馬鹿正直に吐露しかけた瞬間、緋奈さんの目がぱっと輝いたように見えたので、慌てて意見を変えた。またあんなビッチみたいなからかわれ方されるのは御《ご》免《めん》だ。

「うぅ。気を付けます」

「本当に気を付けてくださいね。俺じゃなかったらそのままヤッてますよ」

「大丈夫！　雅日くん以外にこんなことしないから！」

「……余計ダメなんだよなぁ」

嘆息と同時に、疑問が生まれる。

それをどうしても彼女に確かめずにはいられなくて。

「あの、緋奈さん」

「ん？　どうしたの？」

「……どうして、他にはこんなことしなくて、俺にはこんなことできるんですか？」

尽きぬ疑問。答えの出ない難題。その問題の出案者に解を求めれば、緋奈さんは静かに双《そう》眸《ぼう》を細めながら俺をジッと見つめて。

「ここまでしたのに、本当に答えに辿《たど》り着かない？」

「――――」

落胆、そんな声音の問いかけに俺は沈黙した。

答え、とはいかずとも、ある程度の回答は既に出ている。しかし、それはあまりに荒唐《こうとう》無稽《むけい》で、理解ができなかった。

緋奈さんの問いかけに答えるにはまず、いったい、いつから緋奈さんが俺をそんな目で見るようになったのか。それを導き出す必要がある。しかし、その時点から俺は分からなかった。

俺は、緋奈さんに好意を持たれるような何かをした覚えがない。

顔見知りになった期間はそれなりに長いが、こうして話すようになったのはつい最近だ。

逡巡《しゅんじゅん》する。そんな長い沈黙に飽きたのか、小さな嘆息をこぼした緋奈さんが一度開いた距離をまた詰めた。

「いいわ。雅日くんが答えないならもう私から言ってあげる」

女の子への返事に時間を掛けちゃダメ、と説教しながら、緋奈さんはさらに一歩距離を詰めて。

息を呑んだ。宝石のように輝く瞳に見つめられて、一瞬で俺の世界が彼女ただ一人に埋め尽くされる。

緊張からかほんのりと朱《あか》く染まった頬。胸に添えられた手の温《ぬく》もり。首筋に当たる熱の籠った吐息。

目に映る光景があまりに美しくて、綺麗《きれい》で、魅了されて、狂おしいほどに愛おしくて。

そして、バチッと、視線と視線が火花を散らすように交わった、その刹那——

「雅日……雅日柊真《しゅうま》くん。私と、付き合ってください」

「——え？」

天地がひっくり返るような告白が、俺の鼓膜を貫いた。

——つき、あう？　……ツキアウ？　……突き、合う？

見つめてくる紺碧《こんぺき》の瞳の熱量に戸惑いながら、俺の頭にはそんな言葉がぐるぐる回っていた。

「ねぇ、返事は？」

「………」

静寂《せいじゃく》の時間が一分ほど続いて、流石《さすが》に待ちくたびれたのか緋奈さんがぷくぅと頰を膨らませた。

「付き合うって、こんな時間にいったいどこに？」

「そっちの付き合うじゃないわよ⁉」

緋奈さんは伝わってないの⁉ と驚愕《きょうがく》に目を瞠《みは》った。

「付き合うってそっちじゃない！ 交際の方！ 男女の恋愛の方よ！」

「猶更訳が分からないです⁉」

緋奈さんは若干苛立《いらだ》ちをはらみながら先ほどの言葉の意味を説明した。今度は俺の方が驚愕だった。

「なんでっ、急に俺と緋奈さんが付き合うんですか⁉」

「恋はいつだって急なものでしょう！」

「ゆっくり育んでいく恋の方が読者受けがいいと思います⁉」

「私たちの恋愛はフィクションじゃなくてノンフィクションでしょ！ いいじゃない少しくらい付き合ってくれても！」

「やっぱり付き合うってそっちの……」

「違うわ！ 歴《れっき》とした男女の交際の申し出よ！」

「ええ!?」

訳が分からん、の一言に尽きた。

だって、そうだ。俺は緋奈さんに好感を持たれる何かを一つだってした覚えがない。今日のお出掛けだって緋奈さんは喜んでくれたけど、男性として彼女をしっかりエスコートできた自信はない。

「俺、緋奈さんに好かれるようなこと何もしてないです」

弱音でありながら本音をこぼせば、緋奈さんは呆《あき》れたとでも言いたげに肩を落とした。

「雅《みや》日《び》くんて、真《ま》雪《ゆ》の言ってた通り自分を過小評価する癖があるのね」

「いや、これに関しては過小ではなくただ事実を述べているだけというか……」

「全然事実なんかじゃないわよ。キミはもう、とっくに私に好かれるようなことをしているわ」

「ありえないです……いてて!?」

「ありえなくない!」

即座に否定すれば、緋奈さんは俺を厳しく睨《にら》みながら両頬を抓《つね》ってきた。

「雅日くんは私が嬉《うれ》しいって、好きかもって思えることたくさんしてくれたわ。それを否定するのは、たとえ雅日くんであっても許さないから」

「……だって、本当に思い当たる節がないから」

食い下がる、というつもりもないが反論すれば、緋奈さんは嘆息を吐いた。それから両頬を抓る手を離すと、ビシッと人差し指を俺に突き立てて、

「じゃあ、今から私が雅日くんのことといいなって思えた所一つ一つ挙げていくわね」

これ言うのすごく恥ずかしいんだから、と前置きしてから、

「まずお見舞いに来てくれた日のこと、覚えてるわよね？」

「はぁ。それなりに最近の出来事だったですし、何より初めて緋奈さんの家に行った日ですから。……緊張しててあんまり会話は覚えてないけど」

重要なのはそこじゃないから安心して、と緋奈さんは小さく笑みを浮かべると、

「あの日、雅日くんは熱を出した私の為《ため》にたくさん見舞いの品を持ってきてくれたでしょう」

「は、はい。どれがいいか分からなかったし、先輩を元気づけられそうなもの片っ端から買いました」

「そうね。雅日くんにとっては、ただそれだけのこと。でもね、私にとってはそれが嬉しかったのよ」

「――――」

微笑《ほほえ》みを浮かべる緋奈《あかな》さん。細まった双眸にあの日への憧憬《しょうけい》が宿っているように見えたのは、きっと気のせいなんかじゃなくて。

「仲良くもなければ友達ですらない。ただ真雪を通した知り合い程度の私なんかの為に、あんなにも心配してくれたのがたまらなく嬉しかった。雅日くんがあの日、お見舞いに来てくれたおかげで、私は寂しい思いをせずに済んだし、すごく元気がもらえた」

黙る俺に、緋奈さんは「それだけじゃない」と続けた。

「この前だってそう。私が雅日くんの家にお邪魔したとき、料理を振舞ったでしょ」

「はい」

「あの時、キミが私の作った料理を本当に美味《お》しそうに食べてくれたのがすごく嬉しかった。全然大したものなんかじゃなかったのに。それでも人生で一番美味しいものを食べたみたいな顔をしてくれた雅日くんがね、ずっと頭から離れなかった。だからあの日、思い切って連絡先を交換しようと思ったの」

俺にとっては美味しいものを美味しいと言っただけのことが、しかし緋奈さんにとっては胸に温かさを与えるほどの大切なことだったらしい。

吐露されていく想《おも》いに、驚愕の余韻は残ったままで。

「真雪から雅日くんは女の子と一度も付き合ったことがないって聞いてたけど、正直不思議だった。こんなに優しくて可愛《かわい》い人が、どうしてモテないんだろうって」

「それは、俺が緋奈さん以外には淡泊だからですよ」

「じゃあ、やっぱり雅日くんにとって私は〝特別〟ってことだ」

「――っ。……ノーコメントで」

恥ずかしくなって逃げてしまう俺に、緋奈さんは「いいよそれで」と追及はしないでくれた。

「今日のお出掛けの真の目的は、こうしてもっとキミを知って、私を少しでも知ってもらって、相性がいいか確かめる為だったの」

「じゃあ、告白したってことは……」

俺の言葉に緋奈さんはニコッと笑うと、

「相性、いいと思わない？　私たち」

「……どう、ですかね。やっぱり俺は、緋奈さんには不釣り合いだと思います」

認められている気がする。そうは思いながらも、やはり俺と緋奈さんには天と地ほどの格差がある。

緋奈さんは才色兼備で品行方正。学校では誰をも魅了する生徒。片や俺は、高校生になったばかりのカースト最下位もいいところの根暗無気力男子。

そんな彼女と俺が付き合うなんて、想像もしたことがなかった。いや、できなかった。

「緋奈さんは、俺にとってはずっと姉ちゃんの友達、くらいの認識でした。確かに好きって気持ちがあることは認めます。でも、きっとそれは緋奈さんに好意を抱く全員が持っているもので、俺も所詮《しょせん》その一人に過ぎません。――緋奈さんと付き合うとか、俺にそんな資格、ないです」

「資格なんて必要ないよ」

「緋奈さんが必要としなくとも交際する側には覚悟がいるんです。優しいから付き合う資格があるなら、緋奈さんがこれまでフってきた人たちだって優しさ《それ》を持っていたはずだから」

「――――」

その返しは予想していなかったのか、緋奈さんが口を噤《つぐ》み、表情を硬くした。

「緋奈さんが俺に好意を寄せてくれているのははっきり言って嬉しいです。でも、その好意に甘えて緋奈さんと付き合えば、俺はきっと緋奈さんに縋《すが》ってばかりになる」

人を好きになるってことが、いまいちよく分からない。唯一好きになった人は、ずっと憧れていた彼女だから。

こんな気持ちで付き合うのは、緋奈さんにも、そしてこれまで彼女がフってきた人たちにも、そして姉ちゃんにも不誠実ではないだろうか。

こんなチャンス二度と巡ってこないなんて分かり切っている。ここで「ごめんなさい、付き合えません」と頭を下げればもう緋奈さんは俺に興味を失って関わってくれなくなるかもしれない。

それでも、運や偶然に縋り続けて得られた恋なんて欲しくないから――、

「ごめ――」

「やっぱりいいわ」

緋奈さんとの関係が今日で終わる覚悟で頭を下げようとした瞬間、陶然とした声音が聞こえた。

決死の覚悟で閉じた瞼《まぶた》をゆっくりと開けると、緋奈さんが俺に熱を込めた眼差《まなざ》しを向けていることに気付いて。

「雅日くんのそういう所、すごく好き！」

「――うえ⁉」

唐突に、大胆な愛の告白をされた。

目を剝《む》く俺に、緋奈さんはぐっと距離を縮めると、

「そういう、欲に負けないでちゃんと考える所がすごく好きなの！」

「こ、これくらい普通では？」

「キミの考えが普通なら私に告白してくる男子はもっと少ないと思うわ」

「……たしかに」と思わず納得してしまった。

頬を引きつらせる俺を余所《よそ》に、緋奈さんは嬉しそうに口許《くちもと》を緩めると、

「また一つ、キミの好きな所見つけられたな」

「──っ」

だからその笑顔は反則だって。

バクバクと、騒がしさを増す心臓を必死に落ち着かせる。そんな俺の胸中のことなんか知りもしない緋奈さんは、瞳を輝かせながら両手を握ってきて、

「やっぱり私の目に狂いはない。私は雅日くんのことがもっと知りたい……ううん。好きになりたい！」

「いや、でも付き合えな……」

「ならお友達……はダメね。他の人に奪《と》られたくないもん」

緋奈さんは数秒思案したあと、やがて名案を思いついたように目を見開き、

「それじゃあ、仮のお付き合い、なんていうのはどうかしら！」

「はぁ⁉」

どんな名案かと思いきや予想外の妙案に、俺は思わず素っ頓狂な声を上げてしまった。

「そんな、正式じゃなければなんでもいいと思ってませんか⁉」

「わりと思ってる」

「わりと思っちゃってるのかよ⁉　仮なんて猶更《なおさら》ダメですよ！」

声を荒らげて否定すれば、緋奈さんは不服そうに頬を膨らませた。

「なんで？　いいと思わない？　友達以上恋人未満な関係！　メリットしかないと思うの！」

「どこが⁉」

目を白黒させて訊《たず》ねると、緋奈さんは嬉々とした声音で思いついたものを挙げていった。

「色々あるわよ。そうね、例えば、これからは気軽に私の家に遊びに来れるし、好きなだけ連絡だってできる」

「たしかに魅力的ではありますけど……」

「それに手を繋《つな》ぐこともできちゃうわよ。言っておくけど、男友達だったら手も繋がせないからね」

「……ごくり」

「デートだってできちゃう」

「うぐ」

「こんな風に密着してもいいよ？」

「それはっ、流石《さすが》に……」

「雅日《みやび》くんが嫌でも私はするからね」

「緋奈さんて淑《しと》やかに見えるけど超肉食系ですよね⁉」

「うん」

「うん⁉」

だって好きだもん、ともはや何の抵抗もなく好意を示してくる緋奈さん。これは正直感情のやり場に困る。

魅力的な提案を出しまくる緋奈さん。流石の俺も揺らぎ始めていると、そんな気配を察したのか緋奈さんがトドメの一撃にこんな最高の提案を出してきた。

「あとはそうね。私の手料理食べ放題よ」

「――――っ⁉」

まるで雷が落ちたような、そんな衝撃が全身を駆け巡った。

硬直する俺に、緋奈さんは追撃とばかりにこそっと耳元に顔を寄せ、こう囁《ささや》く。

「雅日くんが友達がいいって言うなら私はそれでいいよ？　でも、そうなると私としては変に勘違いしてほしくないし、ご飯は作ってあげられないなー」

「……ズルイですよ、それ」

睨《にら》む俺に緋奈さんは一歩も退《ひ》かず、愉《たの》しそうにくすくすと笑う。

「退路なんて用意してあげないよ。私はキミを知って、好きになりたい。キミにも、私を知って、好きになってほしいと思ってるの」

もうとっくに好きだ。でも、ちっぽけなプライドが付き合うことを拒んでいる。

なんとも馬鹿らしい理由に呆《あき》れる。

けれど、そんな馬鹿野郎のことを諦めきれず手に入れようとするちょっと変わった女性が案外身近にいて。

「お互いのことをもっと知って、そして好きになったら正式に付き合えばいい。それまでは仮……お試しで付き合ってみない？」

「────」

それもダメ？　と潤んだ瞳が訴えかけてくる。

卑怯《ひきょう》だ。狡《ずる》い。なんて悪女だ。決心した心を揺るがせる魔性の女だ。緋奈さんは。

そんな魅力的な提案をされて、諦めたくないと訴えられて、それで折れない屈強な精神なんて、生憎《あいにく》俺は持ち合わせていない。

「――念の為《ため》、言っておきます」

「なに？」

「このことは、他言無用でお願いしたいです。できれば、姉ちゃんにも」

「――っ！　じゃあ！」

ごめん。緋奈《あかな》さんに振られた、これまでの男子たち。そして彼女に恋慕を抱く男たち。

こんな、たかが友達の弟が、長年奪い合っていた一つの席を、誰も知らない間に座ってしまって。

でも、こんな熱いアプローチなんてされたら、男なら誰だって折れるに決まってる。

「本当に、俺なんかでいいんですね？」

「うん。雅日くんがいい」

俺って優柔不断なのかと、呆れずにはいられない。けれど、そんな俺を好きだと、いい所はたくさんあると褒めてくれた彼女に、心は惹《ひ》かれずにはいられなくて。

もっと、彼女のことを好きになりたくて。

「――なら、仮のお付き合いの話、お引き受けします。つか、させてください」

「あはは。変な雅日くん。私の方から告白したのに。でも、受け入れてくれるならなんでもいっか。こちらこそ。今日からよろしくお願いします」

「……夢みたいだ」

「夢じゃないよ。今日から、雅日くんは私のカレシだよ」

そう告げて、緋奈さんは嬉《うれ》しそうに口許を綻ばせた。その微笑に、胸がざわつかずにはいられなくなる。

とにもかくにも、こうして俺と緋奈さんは仮の恋人として付き合うこととなった。


――6――


――間もなく本日が終わろうとする、その深夜。

『今日はデートしてくれてありがと！』

「……やっぱ今日のお出掛けはデートのつもりだったのか」

おやすみのアイコンに同じくおやすみのアイコンを返して、俺はベッドに仰向けになった。

「結局、緋奈さんと付き合うことになってしまった」

正確には（仮）だが、それでも付き合うという行為自体に変わりはない。

自分の意思の弱さに呆れたくもなるが、現実味のなさのせいでそれすらもできなかった。

「付き合うっていうのは……緋奈さんが言ってたことを実際にやるってことでいいんだよな？」

これまでカノジョはおろか恋愛すらしてこなかった俺が、突然校内一の美女と付き合うことになったとか、とんだラブコメ展開である。ラノベの主人公かよ。

誰もが羨望《せんぼう》し、そして誰もが魅了される天女。俺の憧れの先輩でもある緋奈さんと、これからはデートしたり、手を繋いだり、キスをしたり……するってことでいいんだよな。付き合うってことは。

どれほどその事実を反芻《はんすう》しても、実感が湧いてこないのは熱に浮かされているせいか。

「男からすればまさに垂涎《すいぜん》ものもいいところだよな。緋奈さんとキスできるとか、するやつがいたら俺軽く1000回は呪うしな」

つまり、俺は呪われる側になったわけだ。そりゃ身震いもしたくなる。

「頷《うなず》いた手前もう引き下がれなくなっちゃったし、やり切るしか、ないよなぁ」

やり切るって何をだよ、と自問自答する。

この（仮）の恋人ライフを？　それともカレシ面《づら》を？　たぶん、全部だ。荷が重い。自分の身に圧《の》し掛かる重圧で吐きそうになる。

「俺、ちゃんと務められるかなぁ。緋奈さんのカレシ」

不安しかない。あの人に幻滅されることを想像すると、身の毛がよだつ。

嫌われたくない。好きだと言ってくれたんだから、好きでいてほしい。けど、好きでいてもらうには、それ相応の努力が必要不可欠だ。

「とりあえず、筋トレとかしてみるか。これからは勉強もちゃんとやんないと」

あの人は理想そのものみたいなものだ。他人から認められる『理想』の相手をするには、同じにはなれずともそれに限りなく近い存在になる必要がある。そうじゃなきゃこの天秤《てんびん》はずっと傾いたままだ。これを釣り合うようにするには……俺はいったいどれほど努力すればいいのだろうか。

一朝一夕じゃ到底足りない。一ヵ月、いや最低でも数ヵ月は掛かりそう。ストレスで痩せないか不安だ。

「まぁ、それを差し引いても緋奈さんの手料理が食えるのは役得だよな」

友達という関係に甘えるなら作ってあげないと脅されてしまえば、頷かずにはいられないだろ。でも、ご飯で釣られるとか犬より情けないな、と自分を憐《あわ》れみながらスマホをイジッていると、今日の疲労がようやく眠気に転換されてきた。

「くあぁぁぁ。そろそろ寝るか。……今日の出来事が夢じゃないことを祈りながら」

スマホの電源を切って、部屋の照明を落とす。空間が真っ暗になると、すぐに瞼《まぶた》が重くなった。

「……緋奈さんを好きって気持ちは、俺も嘘《うそ》じゃない」

最後にそんなことを呟《つぶや》いたのは、今日の自分が取った選択肢を肯定したかったからかもしれない。

いずれにせよ、微睡《まどろみ》の気配は段々と近づいて、今日という日に終わりを告げさせる。

「……好きです、せんぱいぃ」

余談になるが、この夜見た夢は緋奈さんが裸エプロンで手料理を振舞ってくれるという、それはそれは刺激的だったということはここだけの話にしてほしい。

第3章【仮の恋人と親友の不満】

――1――

緋奈さんと付き合う（仮）にあたり、諸々《もろもろ》決めたことがある。

『1・正式に付き合うまで、お互い友達や知り合いにこの関係を口外しないこと。
2・学校ではお互い今まで通りに接し、呼び名も『先輩』か苗字《みょうじ》にすること。
3・二人きりの時以外は無暗《むやみ》なボディタッチや接近を避けること。
4・二人きりの時は上記のルールの一切をなくし、恋人らしい行為をしていいこと。
5・ただし、正式に付き合うまではキスや性行為を断固禁ずる。
6・（追記）仮とはいえ恋人関係ではあるので、唇以外ならアリ！』
以上六つのルールである。
俺が知らぬ間にルール6が追加されたことにはビックリしたが、緋奈さんが一向に譲る気配がなかった為、最終的に俺が折れることとなった。

「文句ないですよね、このルールに」

「うん。二人で決めたんだから異論ないよ。真雪《まゆ》に言えないのはちょっと不誠実な気もするけどね」

今日は平日。つまり俺たち学生は普通に学校がある。にも拘《かか》わらずこんな二人きりみたいな会話をしているのは、ここが空き教室で、現在は緋奈さんと二人きりだからである。

そして今はお昼休みで昼食中だ。

「姉ちゃんに言えるはずないでしょ。緋奈さんと仮でお付き合いしてるなんて。俺が殺されます」

「それは私が発端でもあるからちゃんと説明するわよ？　私が言えば真雪も納得するだろうし。いずれ正式に付き合うことに変わりないんだから」

「だとしても姉ちゃんは俺を責めますよ。男のくせに責任から逃げるような真似《まね》してどうするんだ⁉　って」

「ふふ。似てる」

俺の姉ちゃんの物真似に緋奈さんはくすくすと笑う。

「でも分かりました。雅日くんがお姉さんにお説教されるのは可哀《かわい》そうなので、今はまだ

ファンタジア文庫の最新情報が満載！
ファンタジア FANTASIA チャンネル CHANNEL
2024 12
襲来！
学園祭で彩禍との関係を説得!?
王様のプロポーズ7
烏黒の従者
著：橘公司 イラスト：つなこ
ともに重版続々！
体育祭で双子が勝負！
双子まとめて『カノジョ』にしない？4
著：白井ムク イラスト：千種みの
ファンタジア文庫
毎月20日発売!
公式HP https://fantasiabunko.jp/
〒102-8177 東京都千代田区富士見2-13-3

ファンタ
隣の席の犬系美少女、
実は王女様だった。
バレた途端、
俺にだけ
懐いてくる！
隣の席の王女様、
俺の前だけ甘々カノジョ
著：暁刀魚　イラスト：パルプピロシ
新作！
魔導学園の特待生だが、平民と蔑まれる俺。唯一優しい隣の席の少女の正体が、絶世の美貌を持つ王女だと知ってしまい……「わ、私と付き合っちゃえば、全部解決しない!?」王女様、俺にだけ態度が甘々すぎないか!?

魔王2099

THE LORD OF IMMORTALS BLOOMING IN THE ABYSS F.E.2099

著:紫大悟　イラスト:クレタ

TVアニメ好評放送中!

放送情報

TOKYO MX、群馬テレビ、とちぎテレビ、BS11
毎週土曜 24:00～放送

毎日放送　毎週土曜 27:08～放送

中京テレビ　毎週火曜 26:19～放送

AT-X　毎週日曜 22:30～放送

リピート放送
毎週木曜 28:30～　毎週日曜 7:30～

配信情報

dアニメストア、ABEMAにて地上波同時・最速配信決定!
毎週土曜 24:00～

VTuber nandaga haishin kiriwasuretara densetsu ni natteta

VTuberなんだが配信切り忘れたら伝説になってた

DVD&Blu-ray BOX Vol.1
2024.11.27 wed Release

DVD&Blu-ray BOX Vol.2
2024.12.25 wed Release

DVD&Blu-ray BOX Vol.3
2025.1.24 fri Release

秘密にしておきます。それに、秘密の関係っていうのも、それはそれで背徳的だしね」

　緋奈さんって意外と少女脳してるよな、と胸中で呟きつつ、

「納得してくれて助かります」

「でも正式にお付き合いすることになったら私から説明させてね？」

「俺からした方がいいんでしょうけど、分かりました。緋奈さんにお任せします」

「ありがとう」

　緋奈さんはほっと胸を撫《な》でおろした。……本当に姉ちゃんのこと大切に想《おも》ってくれてるんだな。

　弟として感慨に浸っていると、緋奈さんが「あっ」と何か思い出したような息を吐いた。

「そういえば、ルールに書いてないけど、学校でこうして二人きりでいる時は何してもいいのよね？」

「怖いのでルール追加していいですか？」

　と神妙な顔でお願いすれば、緋奈さんに「だーめ」と可愛《かわい》く却下された。

「何する気ですか!?」

「べつに何もしないわよ。ただ、学生同士が付き合ってるのに学校でイチャイチャできないのはちょっと惜しいと思っただけ」

「まさか緋奈《あかな》さんの口からイチャイチャという単語が出てくるとは」

「意外？」

「意外です」

こくりと頷けば、緋奈さんは可笑《おか》しそうに「大袈裟《おおげさ》ね」と淑《しと》やかに笑った。

「私だってそういうのに憧れてたのよ。特に他の女子の話を聞くとね。あー、羨ましいなーって」

「緋奈さんにもあるんですねそういった気持ち。恋愛関係なのが意外だったけど」

「皆が思っているより私って等身大の女の子よ？」

こうして会話していると確かにそう思えてくる。容姿や立ち振る舞いが常人と住む世界を隔絶《かくぜつ》させているように錯覚させているだけで、中身は案外普通の少女と何ら変わらないのかもしれない。

「でも俺にとって緋奈さんはいつでも憧れの先輩です」

「ふふっ。そう思ってくれるのも嬉《うれ》しいけど、やっぱり女の子だから男の子に甘えたくもなるな」

「しょ、精進します」

「真面目ね」

ぎこちなく頭を下げれば、そんな俺を見て緋奈さんはくすくすと笑った。

「でも私の方が年上だから、甘えてほしい欲の方が強いかも」

「それは……そっちの方がハードル高いかもしれないです」

緋奈さんに甘える想像がうまくできない。例えば、なんだ？　膝枕とかか？　そんなの恐れ多くてできるかっ。

と脳内一人ツッコミしていると、緋奈さんが悪戯《いたずら》顔で俺を見つめていることに気付いた。

あ、何か企《たくら》んでる顔だ、と直感した直後だった。

「ならさっそく甘えてみる？」

「――――っ！」

とんとん、と自分の太ももを叩《たた》いて甘い誘惑を放つ緋奈さん。まさか妄想が具現化するとは思いもせず、俺はごくりと生唾を飲み込んだ。

スカートとニーソに隠れた魅惑《みわく》の白肌。そこにはどんなオアシスが広がっているのか。

無意識に伸びる手が、誘惑に抗《あらが》えず触れてしまう、その寸前。

「今は食事中なので、遠慮しておきます」

「あら、残念」

どうにかギリギリで理性をカムバックさせることに成功し、魅惑の太ももから強制的に視線を切り離した。

後悔と欲望を飲み込むように白米を掻《か》き込めば、とても残念そうには思えない笑い声が聞こえてくる。あぁ。またからかわれた。

「それじゃあ、膝枕は今度お家《うち》に来てくれた時にしてあげる。今週末、私のお家に来てね」

「そこはいつになるか未確定にすべきでは？」

「遅かれ早かれ膝枕することは決まってるんだから、それなら一日でも早く堪能《たんのう》してほしいじゃない」

「だからって……というか、それって俺が今週緋奈さんの家に行くことが確定してるじゃないですか」

「お家デートしましょ！」

私お家デートに憧れてたの！　と目を輝かせる緋奈さん。そんな顔でお願いなんかされたら、断る方が無理だ。

「分かりました。今週末、緋奈さんの自宅にお邪魔させていただきます」

「雅日《みやび》くんって私のお願い絶対断らないわよね」

「断ってもまた別のプラン出してくるんでしょ？」

「ふふ。言ったでしょ。もっと私を知ってほしいって」

「緋奈さんて大人しそうに見えて実はすげぇ強《したた》かな人ですよね」

そうなの、と緋奈さんは楽しそうに肯定した。

「雅日くんは強気な女性は嫌い？」

「……嫌い、でもないです」

相手が緋奈さんじゃなければ苦手かもしれないが、緋奈さんに強気に攻められるのは存外悪いものじゃなかった。俺ってもしかしてMなのか？

嫌な想像に軽く背筋を震わせていると、緋奈さんはまた嬉しそうに口許《くちもと》を緩めていて。

「はぁ。やっぱり雅日くんといると楽しいなぁ」

「っ。……姉ちゃんと同じ波動を感じてるんじゃないですか？」

「それもあるかもしれないけど、でもキミといるとずっと心地いいの」

「俺、そんなこと友達はおろか家族にも言われた例《ためし》がないです」

「じゃあやっぱり相性がいいってことだ。私たち」

そういうの照れもなく直視しながら言わないでほしい。心臓がうるさくて仕方がない。

「……もうちょっと言葉オブラートに包んでください」

「嫌よ。キミを私のものにしなくちゃいけないんだから、遠慮なんてしないわ」

「心臓が保《も》たなくなるのでお願いします！」

そう全力で懇願するも、緋奈さんは許してくれなくて。

「だーめ。雅日くんにはもっと私でドキドキしてほしいから、たくさん攻めないと」

もう十分過ぎるほどアナタでドキドキしてますよ。

その言葉でさらに跳ね上がる心臓が、騒がしさを超えて痛いほど鳴り響いていた。

硬直せずにはいられない俺に、不意に伸びてくる腕が見えた。

それが俺の口許にピタッと止まると、緋奈さんはくすっと微笑《ほほえ》みながら、

「――ご飯粒、ついてるよ」

「――――」

取ってあげる、と伸びた指先はそのまま俺の口許についたご飯粒を取って、そして、そのまま自分の口に運び、

「ぱくっ」

「~~~~っ⁉」

「ふふっ」

何の抵抗もみせずにそれを食べてみせた緋奈さんに、俺は声にならない悲鳴を上げた。

金魚のように口をぱくぱくと喘《あえ》がせる。そんな俺に、緋奈さんはほんのりと朱《あか》くした頬

で微笑を象《かたど》ると、

「もっとたくさん、私でドキドキしてね。──しゅうくん」

窓から吹き込む風が黒髪を靡《なび》かせて、その微笑と妖艶さに見惚《みと》れずにはいられない絵を完成させる。

『あ、俺この人に沼るかも』

それは同時に、俺がこの人には絶対敵《かな》わないと悟った瞬間だった。

── 2 ──

──休日。

「母さん。ちょっと出掛けてくるから、昼ご飯要らない」

「あら珍しい」

既に外出の支度を整えて、俺はリビングでまったりしている母さん（雅日梨乃《りの》）を見つけると手短に用件を伝えた。

母さんはクッキーを食べながら目を丸くすると、

「休日は全くといっていいほど外に出ないしゅうが、まさか自分からそんなこと言い出すなんてねぇ」

　雨でも降るのかしら、と息子が外出することを異常事態とでも思っている母親。

たしかに母さんの言う通り休日外に出る方が珍しい。けど、

「心外だ。俺だってたまには出掛ける」

「そういえばこの前も出掛けてたわね。今日も神楽《かぐら》くんと？」

「……んー。そんなところ」

「なにその歯切れの悪い返事？」

　嘘《うそ》を吐《つ》いても構わないけど変に神楽の名前を使ってあとで面倒ごとになるのも御免だ。うまい言い訳も思いつかなかったので曖昧に答えると、母さんはさらに怪訝《けげん》に眉をひそめた。

「とにかく出掛けてくる。お昼は要らないけど、夜ご飯は普通に要る……かもしれない」

「だからなにその歯切れの悪い返事は？」

「俺もどうなるか分からないんだよ。もしかしたらその人と一緒に夜ご飯食べることになるかも……なんでニヤついてんの？」

　予定が定まっていないことを伝えている最中、ふと母親が俺の顔を見てニヤニヤしているのに気付いた。それに怪訝に眉根を寄せると、

「しゅうの癖、教えてあげるわ」

「なに急に？」

「貴方《あなた》は男の人と会うと〝ソイツ〟とか〝アイツ〟って言うけど、女の人と会う時は〝あの人〟って言うのよ」

「――っ⁉」

「ひょっとして相手は柚葉《ゆずは》ちゃんかしら？」

「違うから！」

「あら違うの」

「いやまぁ、違うとも言い切れないし、違くないとも言い切れない……でも、今日会いに行くのは柚葉じゃない。それは確かです」

「ふぅん。高校に入っても陰気臭さが一向に変わらないから心配だったけど、貴方もついに柚葉ちゃん以外の女友達ができたのねぇ」

「なに言ってんだ。俺に柚葉以外の女友達ができるわけないだろ」

「あら？　なら今日会いに行くのは同性の友達なのかしら？」

「そ、そうだよ」

「はいダウト。嘘ね」

「なんで分かるんだよ！？」

「逆にその反応を信じる方が無理があるわよ。貴方、普段顔が死んでるくせに嘘吐く時はお姉ちゃんと一緒ですぐに顔に出るんだから」

「……うぐ」

「相手は女の子、そうね？」

「の、ノーコメントで」

「その反応が答えのようなものよ」

息子の癖を暴露した母親に俺はカッと顔を真っ赤にする。それが仇《あだ》となって、母親のその推論の裏付けになってしまった。上がった頬が更にニヤァ、と持ち上がる。

「しゅうにもついにカノジョができたのねぇ」

「カノジョじゃない！　と、友達だ！」

「だから嘘吐くならもう少し平然としなさい。いつもの死んだ顔が真っ赤よ？」

息子の顔を死んだ顔って言うの止《や》めろ。

「とにかく！　カノジョじゃないし相手は柚葉じゃない！　これ以上詮索《せんさく》したらしばらく口利《き》かないからな！」

「可愛《かわい》い反抗ね。はいはい分かった。そういうことにしておいてあげるわ」

「くぅ！」

ひらひらと手を振りながら俺の言い分を適当に流す母親。実際、今から行く所はカノジョの家に当たるけども。だが、今の俺と彼女の関係はとてもじゃないけれど公《おおやけ》にできるものじゃない。

「……頼むから、姉ちゃんにだけは絶対に言うなよ」

「なぁに？　お姉ちゃんに報告したら何か貴方に不都合でもあるの？」

「その質問悪意に満ちてるな。いいから絶対に姉ちゃんに言うなよ」

「ならたまには家族の買い物にも付き合いなさい」

「うぐっ。……分かったよ。今度は一緒に行く」

「できる限り同行しなさい」

「分かった！　分かりましたから！　これからは可能な限り家族の買い物にも同行します！　だからこの通りです！」

「あははっ！　よっぽどお姉ちゃんに知られたくないのね！」

ついに平伏した俺に、母親はお腹《なか》を抱えながらゲラゲラと笑った。息子の土下座見て笑う親とか魔王かよ。いや、我が家の女帝だったな。

しかしそんな全力の懇願も手伝って、母親は「分かったわ」と口外しないことを表明してくれた。

そんな騒々しい一幕を朝から繰り広げていると、

「なに〜？　朝からそんな騒いで〜」

「……うげ。姉ちゃん」

「うげっ、てなによ。アンタのお姉様が起きてきたんだからおはようくらい言いなさい」

「おはよう。そして頬を抓《つま》むな」

「姉を敬わぬ弟にお仕置きだぁ」

欠伸《あくび》をしながら二階から降りてきた姉ちゃんは、そのまま流れるように俺の頬を抓んできた。

俺はそれに異議は唱えるものの痛くはないのでやられっぱなしでいると、

「あれ？　しゅうがもう着替えてる？　どっか出掛けるの？」

と姉ちゃんが俺の異変に気付いて眉根を寄せた。

「うん。ちょっと出掛けてくる」

「しゅうが朝から出掛けるなんて珍しい」

雨でも降るのかな？　と母親と全く同じことを呟《つぶや》く姉ちゃん。流石《さすが》は親子だ。揃《そろ》って俺に超失礼。

俺はよっと立ち上がりながら、

「べつに。用事があるだけだよ。それが済んだらすぐ帰って来る」

「べつに帰って来なくともいいわよ～？」

「母さん！」

先ほど母と息子で結んだ条約を一瞬で破ろうとする母親に一喝すれば、なんとも愉快に笑う声がリビングに響いた。……俺は年上にからかわれる宿命でも背負ってんのか？

「なに？　泊まり？」

「泊まらないから！　すぐ帰って来るから！」

「なんでそんなムキになってんの？」

「ムキになんかなってねぇし」

不貞腐《ふてくさ》れる俺の頭を姉ちゃんがよしよしと撫《な》でてくる。その手を振り払うわけにもいかず、姉ちゃんが満足するまでやられっぱなしでいると、

「落ち着いた？」

「ずっと落ち着いてるよ。誰かさんが弄《いじ》ってこなければなっ」

「いったいしゅうは誰に怒ってるのかしらねぇ」

「白々しい魔女めっ」

「おほほ〜」

ぎろりと魔女を睨《にら》むも全く意に介さず、息子の弱みを握ってご機嫌な母親は俺を嘲笑《あざわら》ってくる。

これ以上はこちらのSAN値が削れるだけだと悟って、俺は頭を撫で続けてくる姉ちゃんの手を掴《つか》んで退《ど》けた。

「はぁ。もう行くわ」

「うん。行ってらー。夜には帰って来るんだよね？」

「帰って来るよ」

「そっか。じゃあ気を付けてね」

「姉ちゃんは今日デート？」

「私？　今日は家でごろごろしてるよー。デートは明日かも？」

「ちゃんと予定は確認しておけよ。前の時みたく迷惑かけるかもしれないんだから」

「前の時？」と小首を傾《かし》げる姉に、俺はもう忘れたのかと肩を落としながら、

「前に緋奈《あかな》さんと出掛ける約束してすっぽかしただろ」

と指摘してやれば、姉ちゃんはギクッ！　と露骨に肩を震わせて、

「そ、そういえばそんなこともあったなー。あはは。いやー、あの時は二人に申し訳ない

ことした！」

「俺じゃなく緋奈さんに謝れよ」

「うぅ。返す言葉もない」

しょんぼりと項垂《うなだ》れた姉に俺はふっと笑ってしまいながら、

「やっぱ姉ちゃんはこれくらいしおらしい方が可愛いと思うぞ」

ぽん、と頭に手を置きながら胸中を吐露する俺に、それまで悄然《しょうぜん》としていた姉は突然怒った猿のように荒れだして、

「弟のくせに生意気だぞ！」

「その弟に説教される姉の威厳とは？」

「姉の方が偉い！　何故《なぜ》なら弟より早く生まれているのだからな！　つまりもっと姉を敬えぇい！」

「姉ちゃんがドジっ子過ぎて敬う対象にならねぇよ」

「なにをー⁉」

腕をぐるぐる振り回して突撃してくる姉を片手でいなしながら時計を見れば、そろそろ家を出ないとマズイ時間だった。

「やば。そろそろ行かないと」

「行ってらっしゃい」

「うん。ご立腹の姉ちゃんの後始末頼んだ！」

「母親に不機嫌にした姉の後始末任せるの止めてくれる？」

ぱっと手を離すと暴走列車と化した姉ちゃんはそのまま母親の座るソファーに突撃。そのまま勢いよくソファーに乗るとくるっと振り返り、

「行ってらっしゃい、しゅう！」

「ん。行ってきます」

見送りに手を振る姉に手を振り返して、俺はリビングを出ていく。

急ぎ足で廊下を抜けて、慌てて靴を履く。乱暴に玄関を開ければ、向かう先はカノジョの自宅——緋奈さんが待つ家だ。

「……家に行く前に、ケーキ買ってこ」

喜ぶ緋奈さんの顔を見れたらいいなと、そんな妄想を膨らませながらコンクリートの地面を強く弾くのだった。

「それにしてもしゅうがこんな朝早くから出掛けるなんて珍しいなー」

しゅうが外出してしばらく経《た》った頃、お母さんが用意してくれた朝食を食べながら私はふと脳裏に湧いた疑問を呟いた。

「お母さん、何か知ってる？」

「んー。詳しくは聞いてないわ」

対面席に座るお母さんに訊《たず》ねてみれば、お母さんは優雅にハーブティーを飲みながらそう答えた。

「ところで、真雪《まゆ》。さっきしゅうが言っていた緋奈さんだけど……ひょっとして藍李《あいり》ちゃんのことかしら？」

「そだよー」

と肯定すれば、お母さんは何やら真剣な顔で「そう。彼女なのね」と呟いていた。

それが妙に気掛かりで、

「藍李がどうかしたの？」

「なんでもないわ。少し気になってね。ほら、あの子とても綺麗《きれい》な子でしょ？」

「ねー！　すっごい美人だよね！」

上手《うま》く話題を逸《そ》らされたことになんて気付かない私は、お母さんの問いかけにこくと頷《うなず》くとそのまま会話を続けた。

「しかも美人なだけじゃなくて超可愛いの」

「あら。アナタも藍李ちゃんに負けないくらい可愛いわよ？」

「えへへ。そうかな？」

「ええ。私の遺伝子を継いでるんですもの。綺麗で当然だわ」

「それは余計だよお母さん」

たしかにウチのお母さん、40代には見えないくらい肌綺麗だしシミもないけど。

たしか10代の頃はモデルの仕事してたんだっけ？　飽きたから辞めたらしいけど。

とにもかくにも私の綺麗な肌は母のおかげということに感謝しつつ、

「でも藍李にはやっぱり負けるなー。肌スベスベでもちもちなんだよ！　髪もサラサラでね～。あとなんといっても胸がデカイ！」

「羨ましい限りね」

「母さんも20代の頃なら藍李と何ら遜色ないと思うけどねー。でも藍李と同年代だと悔しい！　って思うよ」

あれは天から与えられた美貌《びぼう》だ。片や私は母親から与えられたものなので、藍李と比べること自体間違いだろう。

「……そんな子としゅうがねぇ」

「どうしたのお母さん？」

「何でもないわ。彼女と付き合う男性は苦労しそうだなって思っただけよ」

「それねー。藍李って毎日のように告白されるんだけど、お前らが釣り合う訳ないだろ！って傍《はた》から見ても思うんだよー」

「……ウチの子で本当にいいのかしら。いやまだ彼女と決まったわけではないけれど」

「お母さん？　さっきからどうしたの？　なんか変だよ？」

何か底知れぬ闇にでも触れているかのように顔を蒼白《そうはく》にさせるお母さん。

眉尻を下げる私に、お母さんは「何でもないわ」と何かを誤魔化すようにハーブティーを飲み込んだ。

今日は変なことが多いなー、なんて思いながらホットケーキを頬張る私の脳裏に、ふとこんな疑問が過《よぎ》った。

「そういえばしゅう、藍李のこと緋奈さんって呼んでたな」

いつもなら藍李のことを『先輩』呼びしているのに、今日は珍しく〝さん〟付けだったな。

「ま。そんなの気にする意味ないか！」

ほんのわずかな疑念。しかしすぐに『私が約束すっぽかした日に藍李がしゅうと少し話した』と語っていたことを思い出した私は、その時に仲良くなったのだろうと雑に結論づける。

今日のお出掛け相手ももしかしたら藍李かと思ったが、ウチの弟と藍李が釣り合うはずもなければ出掛けるような仲でもなかったことを思い出して、それまで抱いていた懸念《けねん》はたちまち消える。

胸にあったもやもやが取り払われれば、おのずとやってくるのは食欲で。

「ん〜！　今日もお母さんの作るホットケーキは美味《おい》しいなぁ」

「はいはい。ゆっくり噛《か》んで、味わって食べなさいね」

「うん！」

実は私の懸念が当たっているということは、黄金のシロップが掛けられたホットケーキがなんとも巧妙に隠したのだった。

緋奈さんの自宅に伺《うかが》うのは今回で二度目。一度目よりは慣れたが、やはり女性の（それも一人暮らしの可能性が高い）家に上がるのは恋愛経験0だった男子からすればハードルが高いことには変わりない。

エントランスで来訪を報《しら》せてそのまま抜ければ、緋奈さんの自宅である２１４号室を目指す。

エレベーターから降りて角部屋へ足を進ませ、玄関扉の前で止まる。一度深呼吸してから目の前のインターホンを鳴らすと、すぐに扉越しにとたとたと弾む足音が聞こえた。

「いらっしゃい！　しゅうくん！」

「お邪魔します」

開いた扉からぱっと顔を明るくした緋奈さんに出迎えられて、俺は道中で買ったケーキが梱包《こんぽう》された紙袋を掲げながら口許《くちもと》を緩める。

「ささ、早く入ってちょうだい！」

「わっ。ちょっと急《せ》かさないでくださいよ！」

催促されるように手を引かれて、俺は慌てふためきながら玄関と通路の境界線を越える。

「休日にもしゅうくんに会えるなんて嬉《うれ》しいな」

「大袈裟《おおげさ》じゃないですか？　それに、緋奈さんが来て欲しいってお願いしたら、俺はいつでも駆け付けます」

「それじゃあ今日は家に泊まる？」

「そ、それとこれとは話が別です」

たいへん魅力的な提案ではあるが俺たちはまだ正式な恋人《カップル》ではない。

そういうのはお試し期間を終えてから、と注意すれば、緋奈《あかな》さんは不服気に口を尖《とが》らせ、

「べつに泊まるくらいなら何も問題ないと思うんだけど？」

「──っ」

一瞬の変化を緋奈さんは見逃しはしない。咄嗟《とっさ》に視線を逸らした俺に、緋奈さんは怪しげに双眸《そうぼう》を細め、

「それとも、しゅうくんはお泊まりに何か期待してるのかな？」

「べ、べつに？」

「ふうん。ならどうして、しゅうくんの顔が赤くなってるのかな？」

「それは……」

反射的に一歩下がった俺に、緋奈さんはくすりと微笑《ほほえ》むと俺の胸に手を添えてきた。退路のない壁際に追い込まれた俺に、緋奈さんは蛇が絡《から》むように身体《からだ》を密着させてきて、

「──ぷ」

「あっ」

生唾を飲み込んだとほぼ同時。不意にそんな音が聞こえて、俺は既視感に目を剝《む》く。

まさか、と頰を引きつらせた俺を見て、緋奈さんはお腹《なか》を抱えて笑った。

「あはは！　ごめんね、またからかっちゃった！」

「やっぱり⁉　また嵌《は》められた⁉」

破顔する緋奈さんはひとしきり笑い終えると、目尻に溜《た》まった涙を指で払って、

「しゅうくんは本当にいい反応してくれるわね」

「緋奈さんは俺のことからかいすぎですっ」

「だって顔を真っ赤にするキミが可愛《かわい》いんだもの」

だからついイジメちゃうの、と反省の気配など微塵《みじん》もみせない緋奈さん。

俺は辟易《へきえき》とした風にため息を落とすと、

「俺は緋奈さんにはカッコいいと思われたいんですけど」

「あら。心外ね。ちゃんと思ってるわよ」

「本当ですか？」

「うん。嘘《うそ》なんか吐《つ》いてないよ」

「なーんか怪しい」

ジト目を送るも緋奈さんはずっと愉快そうにニコニコしていた。うん。やっぱりからかわれてんな。

一方的にやられるのも面白くないので何か仕返ししてやりたい気分だったが、迂闊《うかつ》に触

れるのも憚《はばか》られる。と、黙考する俺はとある妙案を思いついた。

『そうだ。正式に付き合ったらこれまでの借りを盛大に返してやろう』

果たしてその日が訪れるかは分からないが、この鬱憤《うっぷん》を晴らすには丁度いいと思った。

その時はどんなことをしてやろうかと密《ひそ》かな楽しみができたことに思わず唇が歪《ゆが》むと、

「あ、今えっちなこと考えてるでしょ？」

「か、考えてません」

「嘘だ。しゅうくん。私のこといやらしい目で見てたわ」

「…………」

「沈黙は肯定の証《あかし》と受け取っていいのかな？」

「ノーコメントで」

「しゅうくんてすごく分かりやすいよね。真雪と同じで」

「…………」

反論したいが否定もできないので、結局黙るしかなかった。しかし、それが余計に緋奈さんを調子に乗らせてしまう。

彼女はにしし、と笑いながら、

「やっぱり今日泊まっていく？」

「だから泊まりませんよ⁉」

緋奈さんは俺の反応を心底楽しんでいる様子だった。だが、俺も俺でやられっぱなしではいられない。この瞬間、やり返すポイントが1貯《た》まった。

「そんなに俺をからかうといつか痛い目みますからね。覚悟しててくださいよ」

「へぇ。それは楽しみね。その時しゅうくんは私に何をしてくれるのかしら」

「――っ。……強敵すぎだろ」

俺の脅しに屈しもせず、緋奈さんはその日が訪れることを楽しみにしていると口を歪ませる。

その笑みを魅《み》せつけられた俺は、やはりこの人には敵《かな》わないと悟るのだった。

「あのー、緋奈さん？　どうして同じソファーに座る必要が？」

玄関での一幕を終え、差し入れのケーキを冷蔵庫にしまった後、俺は何故《なぜ》か、緋奈さんと同じソファーに並んで座っていた。否《いな》、正確には半ば強引に座らせられた。

「あのー、緋奈さん？　どうして同じソファーに座る必要が？」

と疑問が止まらないので再度恭《うやうや》しく伺《うかが》えば、緋奈さんは捨てられた子犬のような目で

俺を見つめながら、

「しゅうくんは私と同じソファーに座るのは嫌？」

「嫌じゃないです。ただ、その、これはあまりに距離が近いというか、緋奈さんのご尊顔が近くて非常に目のやり場に困るといいますか……」

「仮とはいえしゅうくんはカレシなんだから、私のこともっと近くで見ていいんだよ？」

「緋奈さんが綺麗《きれい》過ぎて近くで見れないんですよ！」

情けない本音を吐露するも、緋奈さんは納得してないように頬を膨らませる。

「なら、慣れる為《ため》に猶更《なおさら》もっと近くで見た方がいいんじゃない？」

「──ぁ」

くいっと手を引っ張られて俺の身体が流れる。咄嗟《とっさ》のことで為《な》す術《すべ》なく緋奈さんの方へ身体が流れて行けば、鼻と鼻が当たるほど緋奈さんとの距離が詰まった。

「あは。ちょっと引っ張りすぎちゃったかな」

「──ぅ」

反射的に息を止める俺に、緋奈さんは陶然とした表情で見つめてくる。

「しゅうくんの顔って男の子の割に肌が綺麗だね。スキンケアとかしてるの？」

「……一応、やってます」

「そうなんだ。美意識高いのはいいことだよ」

ぎこちない俺の応答など気にせず、緋奈さんが俺の両頬を両手でガッチリホールドした。

まるで、逃がさないとでも言いたげに。

息が当たる距離感というのは、どうしてこんなにも心拍数を上げて、錯覚に陥らせてくるのだろうか。いや、この距離感を彼女が求めてくるということは、もはやこれは勘違いなんかじゃない。正真正銘、緋奈さんは俺のことを本気で知ろうと、好きになろうとしている。

それが一度でも理解《わか》ってしまえば、もう心臓の鼓動の高鳴りは歯止めが利《き》かなくて。

「しゅうくん」

「…………」

「この距離。すごくドキドキするね」

「──っ!」

照れたように頬を赤らめて呟《つぶや》いた緋奈さん。ようやく自分が大胆なことをしていることに気付いた彼女は、視線を逸《そ》らしながらホールドしていた両頬を離してくれた。

「あはは。流石《さすが》にちょっとやりすぎかな」

「……心臓止まるかと思いました」

「それはいい意味で？　それとも悪い意味で？」

「どっちだと思います？」

「私的にはやっぱりいい意味がいいな。だってそれはつまり、しゅうくんが私でドキドキしてくれたってことでしょ」

「あんな近くで見つめ合ったらドキドキしない方が無理ですよ」

両手で真っ赤になった顔を覆い隠しながら悶絶《もんぜつ》する俺を見て、緋奈さんは愉快そうに微笑んだ。小悪魔だこの人は。

俺がまだ火照《ほて》った頰を正常に戻すのに苦労していると、また緋奈さんの手が俺を捕らえた。しかし、今度は手でも両頰でもなく頭で、そして、そのままゆっくりと自分の方へ倒していった。

やがて、俺の頭にぽふん、と柔らかな感触が伝わる。

「緋奈さん？」

「顔が近いとドキドキするけど、これなら平気でしょ？」

俺が説明を求めると緋奈さんはそう答え、それから労《いた》わるように頭を撫《な》で始めた。

頭には柔らかな感触。視線を上げればこちらに向かって微笑む女神の姿が捉えられた。

そんな女神は、穏やかな笑みを浮かべながら俺の頭を撫でている。

これはもしかしなくとも、膝枕、というやつではないだろうか。

「なぜ急に膝枕？」

「しゅうくんを呼んだ本来の目的はこれだったから」

疑問符を頭に浮かべる俺に、緋奈さんはそう告げると、「ほら」と継いで、

「この間のお昼休みの時に約束したでしょ。膝枕してあげるって」

「たしかに言いましたね」

しかしまさかこれほど早く有言実行してくるとは想定外だ。

驚愕《きょうがく》する俺の耳元に、銀鈴の声が訊《たず》ねてきた。

「どうですか？　私の膝枕の寝心地は？」

「最高過ぎてこのまま永眠できます」

「あはは。嬉《うれ》しい感想だけどまだ死なないで欲しいな。もっとキミと仲良くなりたいから」

しかしこれは本当に秒で極楽浄土に行けると思えるほどの至高の枕だった。

「緋奈《あかな》さん、生足ですけど髪の毛くすぐったくないですか？」

「ちょっとだけね。でもしゅうくんに膝枕を堪能《たんのう》して欲しくて今日はソックス履かないって決めたのは私だから」

「そんな理由で履かなかったんですか？」

「そんな理由とは心外だなぁ。やるからには心行くまで堪能して欲しいと思うのが私なの」

キミには喜んで欲しいから、と緋奈さんは照れた素振りをみせずにそう言い切った。

「――理解できないです」

「なにが？」

「どうして俺なんかにそこまで尽くそうとするのかが、俺には理解できないんです」

胸裏に湧いて止《や》まない疑問。それを吐露すれば、緋奈さんは「簡単だよ」と逡巡《しゅんじゅん》なく答えた。

「私ってね、どうやら好きな人にはとことん尽くす女みたいなの」

「…………」

「だからしゅうくんに尽くしたいって思う。ううん。そうでなくても、キミが可愛くてつい甘やかしちゃうのかも」

「……母性本能ってやつですか？」

「んー。それとはまた少し違うかも。あれかな。私に弟がいたらこんなことしたいなー、っていう願望なのかもしれない」

「つまり俺は弟みたいに思われてると？」

少し不安を孕《はら》む瞳で問いかければ、緋奈さんはおかしそうにくすっと微笑《ほほえ》んで。

「そんなに心配しなくても大丈夫。私はちゃんと、しゅうくんを一人の男性として見てるし、そう思って接してるよ」

「――――」

緋奈さんの答えは、俺の憂いを一蹴するのに十分過ぎるほどのものだった。

たまらず息を呑む俺に、緋奈さんは垂れた前髪を耳に掛け直しながら続けた。

「だって当然でしょ。私は一人の女性としてしゅうくんに見られたい。それなのに私がしゅうくんを真雪の弟扱いして接するのは不平等でしょ？」

「俺は、緋奈さんのことを一人の女性としか見てません。つか、見れません」

「知ってるよ。だからちゃんと大切にしてくれるんだもんね」

「好きな人を大切にするのは当然です」

「あはは。実感してます」

やっぱりキミはいい子、と言いながら、緋奈さんは小さい子どもの相手をするように微笑んだ。そういうところにもどかしさを覚えるんだ。

それを露《あらわ》にするように唇を尖《とが》らせる。結局は子どもみたいな真似《まね》をしてしまっている俺に、緋奈さんは何も言わずに頭を撫で続けた。

「キミを甘えさせたいのは私の性《さが》。つまり我欲をぶつけてるってことになるかな。ふふ。なんだか子どもっぽいことしてるね。そんな私は嫌いかな?」

「俺の目を見て、嫌いって言ってるように見えますか?」

体勢を変えて、正面を向く。そうすれば彼女の揺れる紺碧《こんぺき》の瞳と俺の黒瞳の視線が交わった。

「言ってない。そう捉えていいのかな?」

「いいです。甘えるのは正直苦手ですけど、でも、緋奈さんが積極的にきてくれるのは男として自信が持てます」

「よかった。私の方こそ、しゅうくんに魅力的な女性だと思ってもらえて嬉しい」

「緋奈さんはすごく魅力的です」

その真珠のような玉肌も。長いまつ毛も。吸い寄せられる紺碧の瞳も。華奢《きゃしゃ》で細くてけれどとても温かい手も——彼女の、全部が好きだ。

あぁ。好きだ。

やっぱり、俺はどうしようもなくこの人が好きだ。

これまでずっと蓋をしてきた。どうせ叶《かな》わない恋だからと気付かぬフリをしていた。

けれど、自覚してしまった。

いや、引き摺《ず》りだされたんだ。

俺の目の前で微笑む——緋奈藍李《あいり》という女性に。心の奥底に閉じ込めていた本音を。

「緋奈さん」

「なに？」

「俺は、アナタに惚《ほ》れてもらえるよう努力します。だから、それを一番近くで見届けてください」

今はまだ、彼女の隣に立てるような立派な人間にはなれていない。だからこそ、その存在になる為の努力をする。

俺のそんな懇願を聞いた緋奈さんは、紺碧の瞳を大きく揺らして、

「そんなの、今更だよ」

そう言って、淡い微笑みを浮かべたのだった。


——3——

——緋奈さんの隣に立てるような人間になりたい。

とはいっても一朝一夕でそんな人間になれるほど超人ではないので、まずはやれることをコツコツやるしかない。

そこで、俺にできることリストを作った。


『1つ目・期末試験で15位以内に入る。

2つ目・いざという時の為《ため》のカラダ作り。

3つ目・今時の男たるもの、料理や家事は一通りできるべし。

4つ目・将来の為に少しずつ貯金』

以上が俺のできることリスト、もといこれからやることリストだ。

無茶ではないが中々にギュウギュウに詰まったスケジュールだ。とはいえ、基本はどれもコツコツと続けていれば達成可能な目標だと思う。

なんか陽キャっぽいことしてるという感慨は横に置きつつ、目先のことに集中する。普段やらないだけでやればできるのが俺。なので、このスケジュールもどうにかこなせるだろうと謎の自信が背中を押している。……まだ何も手を付けてないけど。

そんなわけで緋奈さんの隣に立つ立派な男になる為の長い計画が始まった——

休み時間。次はいつ緋奈さんの家に行けるかな、と上機嫌に鼻歌を歌いながら次の授業の準備をしていると、わざわざ俺の席までやって来た神楽《かぐら》が上機嫌な俺を見てそう指摘した。

「柊真《しゅうま》。ここ最近ずっと機嫌いいね」

「ん？　そう見えるか？」

「うん。死んだ目に生気が灯《とも》ってるよ」

「元から死んでねぇ」

悪態《あくたい》を吐《つ》いた友人に反論とパンチを繰り出すも、それは華麗に避《よ》けられてしまった。

「また良いことでもあったの？」

「まぁな。最近は退屈な日常がそれなりにマシに思えてきた」

と背もたれに体重を乗せながら答えると、神楽は意外だとでも言いたげに目を瞠《みは》る。

「まさかあの柊真がそんなことを言い出す日が来るとはね。今日は雨かな？」

「なぁ。なんで皆して俺がちょっと予想外の行動しだすと天気の心配するんだ？」

家族と同じ反応するな、と睨《にら》めば、神楽は「だって」と前置きして、

「いつも無気力で何のアクションも取らない、ただ流れゆく時間に身を委ねるだけの柊真が急に行動し始めたんだよ。そりゃ、驚きもするさ」

「だからって俺は石じゃないんだ。スロースターターなの俺は」

「じゃあ今になってようやく煌《きら》びやかな高校生活を送ろうとしてるってこと？」

「そんな陽キャボーイみたいなことはしない。俺はいつだって平穏無事な学生ライフを望んでる」

でも、

「それじゃあダメだって気付かされたから、重い腰上げたんだ」

「――――」

脳裏に大切な人を思い浮かべると、自然と拳に力が入った。胸に灯る熱を感じながら、少しキザ過ぎたかと思って神楽の方を振り向けば、俺の唯一の男友達は青天《せいてん》の霹靂《へきれき》でも目の前にしたかのような顔をしていて。

「キミ、誰？」

「何言ってんのお前。俺は雅日《みやび》柊真だ」

「キミ、本当に僕の知ってる柊真？」

「だからそうだって言ってるだろ。お前の目の前にいるのは正真正銘、雅日柊真ご本人だっ」

「柊真はそんな真剣な顔しない」

「お前とことん失礼なやつだな」

俺がそう簡単に言葉じゃ傷つかないからって好き勝手言い過ぎだろ。

心外だと訴えるように睨《にら》めば、神楽は額を押さえてかぶりを振った。

「本当に何があったのさ」

「べつに何もねぇよ。ただちょっと心境の変化があっただけだ」

「異世界転生を夢見るにはまだ早いよ？」

「お前いい加減にしろよ？」

コイツ、俺を確実にバカにしてる。マジで。

そろそろ腹に一発拳でも入れてやろうかと真剣に考え込んでいると、さらに騒がしいやつまで俺の元にやって来た。

「およ。お二人さん。さっきから楽しそうだね。何の話してんの？」

「この会話の楽しい所なんて一つもないぞ」

柚葉《ゆずは》の乱入に嫌な予感がした俺は早々に退場いただこうと手を扇《あお》いだが一歩遅く、神楽が口走ってしまった。

「聞いてよ柚葉。柊真がおかしくなっちゃった」

「コイツがおかしいのはむしろ正常でしょ」

「よし決めた。俺はお前たちと絶交する」

とことん人を小馬鹿にしてくる二人に俺も堪忍袋《かんにんぶくろ》の緒が切れた。そっぽを向く俺に柚葉は「まぁまぁ気にしなさんな」と頬を突《つつ》いてくる。ええい鬱陶《うっとう》しい。

突いてくる指を払いのける俺を余所《よそ》に、柚葉が柊真に訊《たず》ねた。

「で、具体的にどんなところがおかしくなったわけ？」

「死んだ目に活気がある」

「ほんとだ。いつもより若干キラキラしてる」

「万年真っ暗な目で悪かったな」

顔を覗き込んでくる柚葉を手で追い払うと、

「まぁ、このくらいは嬉《うれ》しいことがあったと思えば納得できるとして、他には？」

「ノートをご覧あれ。きっちりと授業の内容がまとめられています」

「わお。本当だ。いつも板書はスマホで撮って終わらせてる男が今日は珍しくノートにまとめてるよ」

「言っておくけど家に帰ったらこれまでもちゃんと板書撮ったやつノートに書き写してたからな？」

「でも適当でしょ？」

図星を指されてバツが悪そうに口を尖らせる俺を見て柚葉はケラケラと笑った。

「うぐ」

「それで？　他には」

「あとは退屈だと思ってた日常がマシだと思えるようになったらしい」

「緊急事態だ⁉」

「お前の驚く一番の所そこなのかよ」

目を白黒させる柚葉に俺は大仰なため息を落とす。コイツら揃《そろ》いも揃って超失礼だな。

「しゅう何があったの⁉」

「べつに何もねぇって」

「嘘吐《うそつ》けえ！　何もないのにアンタがそんなこと思うはずないでしょ⁉」

「何かあってもお前らには絶対言わねえよ！」

しつけえ！　といい加減腹が立って怒鳴れば、柚葉は「だって！」と途端切なげな顔を俺に向けてきて、

「中学の頃は才能あったのにも拘《かか》わらずやる気がないからって理由で選抜強化合宿の話蹴った柊真が突然やる気出したんだよ⁉　そんなのっ、驚かない方が無理だよ⁉」

「……はぁ。あのなぁ、柚葉。お前勘違いしてるぞ。俺に才能なんかなかったし、その話

だって蹴った訳じゃなくて、最初の候補者が怪我《けが》したから代わりに出ないかって提案されただけだ」

「でも、それを受けなかったのは事実じゃん」

「まぁ、面倒だったからな。そんな暇あったらゲームやってた方がマシだし」

「ほらやっぱ変じゃん！」

たしかにそう責められるとおかしいのは自分の方だと思わなくもないが。

でも、

「俺が何にやる気出すか出さないかは俺の自由だろ」

「それはっ、そうだけどっ！」

いい加減この尋問じみた会話を終わりにしようと乱暴に結論を出せば、しかし柚葉は納得できていないようで唇を噛《か》みしめていた。

「何かあったなら、教えてくれてもいいじゃん。私たち、親友じゃないの？」

「……それは」

「なんで答えられないの？　べつにやましいことじゃないなら教えてくれたっていいじゃん」

揺れる琥珀《こはく》色の双眸《そうぼう》に訴えるように見つめられて、俺は気まずさに視線を逸《そ》らした。

緋奈《あかな》さんとの関係はまだ二人にも口外できない。二人を信じていない訳じゃない。けど、自分だけがルールを犯していいなんて身勝手な真似《まね》はしたくない。それに、他人に口外しないルールを設けたのは他でもなく俺自身だ。

ここで二人に正直に明かせば緋奈さんからの信用を損なうだけ。まだ始まったばかりのあの人との関係をここで途絶えさせるわけにはいかない。

葛藤の果てに俺が柚葉に出した答えは――

「俺もお前も、他人に聞かれたくないことの一つや二つくらいあんだろ」

はぐらかすことだった。

「やっぱり今日のしゅう変だよ。ううん。最近ずっとおかしい。まるで人が変わったみたい」

「それでお前に何の損があるんだよ。変わったならいいことじゃんか」

「っ！　たしかにいいことだと思う。そこは認める」

「ほら――」

このままいけば乗り切れる。そう思った瞬間だった。

「でも！　やっぱり私はちゃんとした理由教えてくれないと納得できない。ずっとしゅうのこと見てきたからこそ、急に変わりましたなんて言われて、そんなの納得できないよ」

「お前は俺の母親か。母さんでもそんな下らないこと言わなかったぞ」

「――っ！」

今にも泣きだしそうな柚葉。そんな彼女の前に立ったのは、明瞭に怒りを露《あらわ》にする神楽だった。

「柊真。その言い方はよくない。柚葉に謝れ」

「はぁ？　お前まで何言って……」

るんだ、そう言いかけた言葉を飲み込んだのは、神楽のいつにない剣幕に怖気《おじけ》づいたからだった。

「柊真《しゅうま》にも事情があるにせよ、柚葉がこう言いたくなる気持ちは僕にも理解できる」

「……何が言いたい？」

「いくらなんでも不審過ぎるってことだよ。ここ最近の柊真の態度といい、今の動揺といい、柊真はいつからそんなに秘密主義になったの？」

「っ！」

揶揄《やゆ》するように指摘されて、俺はそれに何も反論できず頬を硬くする。

「悪いけど柊真。僕はいつだって柚葉の味方だから」

「――」

「柚葉はずっと柊真のことを見守ってきたんだから、少しくらい柚葉の想《おも》いに報いてあげたっていいんじゃない？」

「…………」

「はぁ。これにもだんまりか。本当に変わったね柊真。──悪い方に」

「っ！」

心底呆《あき》れたようなため息のあとに聞こえた、失望するような言葉。

怒りを露にする神楽《かぐら》と、唇を噛みしめる柚葉。そして、沈黙することしかできず顔を俯《うつむ》かせる俺。三者三様の表情を浮かべる俺たちに不穏な空気が流れる。そして、そんな空気を霧散させたのは次の授業の予鈴だった。

「柚葉。席戻ろ」

「うん」

「…………」

神楽が柚葉を促し、それに柚葉は弱く頷《うなず》いた。共に自席に戻っていく二人を茫然《ぼうぜん》と見つめていると、不意に振り返った神楽が俺を咎《とが》めるような視線を向けてきて。

「理由。ちゃんと言わない限り。僕はお前と何も話さないからな」

「──」

最後の呪いにも似た言葉と、失望したような双眸がずっと頭から離れなかった。


「──ん。──うくん」

「………………」

「──しゅうくん」

「っ！」

名前を呼ばれていることに遅れて気付き、慌てて我に返った俺を緋奈さんが憂いを帯びた瞳で見つめていた。

「すいません。ボーッとしてました」

「見たら分かるよ。何かあった？」

「……いえ、何もないです」

脳裏に過《よぎ》り続ける神楽の俺を咎める視線と柚葉の悔し気な顔を振り払いながら答えれば、緋奈さんは「少し休憩しよっか」と席を立った。

「待っててね。今、紅茶淹《い》れてくるから」

「すいません」

申し訳なさで頭を下げる俺に、緋奈さんは肩を竦《すく》めるとそのままキッチンへ向かった。

ポットが沸くまでの待ち時間。俺は振り払っても払えずにいる二人のあの顔を思い出して、唇を噛む。

「アイツら、本当に話しかけてこなくなりやがった」

既に二人と話せないまま、一週間が経過しようとしていた。

初めの数日はこれも気楽でいいもんだと悠々自適に構えていたが、三日目頃から唐突に不安が胸裏に渦巻き始めた。

四日目になると流石《さすが》に気まずいままの状態に気が引けて話しかけようと試みたが、露骨に避けられた。五日目もその繰り返しで、この土日でトドメの一撃を刺された感じだ。

「……俺、何も悪いことしてないだろ」

苛立《いらだ》ちと不安。それがずっと頭の中をぐるぐると回っている。

何度考え、顧《かえり》みても俺に非があるとは到底思えなかった。柚葉が怒った理由も、神楽が憤怒《ふんぬ》を露にする理由も、事情を説明できないだけであれほど叱責されるとは想像だにしなかった。

たしかに、何も言わない俺に不信感を抱くのも分からなくもない。ただ、友達にも言えないことの一つや二つくらい抱えているのは何ら不思議ではないはずだ。アイツらだって、俺に何かしらの隠し事や秘密はあると思う。

口外したくないことを打ち明けろというのは、それはあまりに理不尽ではないだろうか。そんなのはもはや、友達ではない。対等なのが友達だと、俺はそう思う。

だから柚葉《ゆずは》や神楽が俺を咎めたのが理解できず、こうして懊悩《おうのう》とした時間を送っているわけだ。せっかくの休日で、そして緋奈さんと一緒にいられるのに、この胸のもやもやが晴れないのはなんだか損した気分だった。

緋奈さんにも心配を掛けてしまい、自責の念から思わず重たいため息がこぼれたそのタイミングで足音が近づいてきた。

「お待たせ」

「ありがとうございます」

緋奈さんが両手にティーカップを持って戻り、湯気の立つティーカップを俺の前に置いてくれた。それに短くお礼を言うと、緋奈さんは微笑を浮かべながら席に座った。

「それで、何があったの？」

「…………」

「もしかして私には打ち明けられないこと？」

「そういうわけじゃないんです。ただ、この状態を言葉にするのが難しくて……」

懸命に言葉を探す俺に、緋奈さんはゆっくりでいいよ、と待ってくれた。

その包容力と器の大きさに俺は思わず苦笑を浮かべながら、瞳を伏せて言葉を紡《つむ》いだ。

「……その、友達と、喧嘩《けんか》っぽくなってしまって」

「喧嘩？」

一大事ね、と目を丸くする緋奈さんに俺は慌てて弁明する。

「そんな派手なものではないんです。なんていえばいいのかな。俺とそいつらの間に、認識の齟齬《そご》があるみたいな……」

「認識の齟齬……何かが上手《うま》く伝わらなくてぎくしゃくしてる感じかな？」

「そんな感じですかね」

俺はこれを打ち明けることにわずかな躊躇《ためら》いを覚えるも、真剣に悩みを聞いてくれる緋奈さんにならを伝えても構わないと決心して、

「その、そいつらは、俺がやる気を出したことが不満らしくて」

「なにそれ？」

「ですよね」

はて、と小首を傾《かし》げる緋奈さんに俺も苦笑をこぼす。

詳しく、と説明を促す緋奈さんに、俺はティーカップの中の黄金《こがね》色の水面《みなも》に視線を落と

しながら続けた。

「俺、基本何事もそつなくこなせればいいと思ってるんです。全力でやることを無駄だって思ってて、それでこれまでずっと、何もかも適当にこなしてきたんです」

「うんうん。それで？」

「でも最近、このままじゃダメだと思ったんです。自分を変えないといけないと思って。それで、頑張ろうと思ったんですけど……でも、そいつらはそんな俺に不満を抱いてるみたいで」

「────」

胸裏を吐露し終えて緋奈さんの顔色を窺《うかが》えば、彼女はしばらく瞼《まぶた》を閉じていた。数秒経《た》ってゆっくりと瞼を開くと、

「しゅうくんが頑張ろうとしてる理由って、ひょっとして私の為《ため》かな？」

「お恥ずかしながら」

苦笑を浮かべながら肯定すれば、緋奈さんはくすくすと笑いながら、

「全然恥ずかしくなんかないよ。私としては嬉《うれ》しい限りだもん」

緋奈さんは「でも」と継ぐと、浮かべた微笑《ほほえ》みを引っ込めて、

「たぶん、しゅうくんはその子たちの気持ち理解できないかな。でも、私は少しだけ分か

るかも」

「え？」

顔を上げると、今度は緋奈《あかな》さんが顔を俯《うつむ》かせた。

「たぶんだけど、その子たちは、ヤキモチを妬《や》いてるんじゃないかな」

「……ヤキモチ、ですか？」

緋奈さんの言葉に驚きながら復唱すれば、複雑な感情を宿した紺碧《こんぺき》の瞳がそう、と肯定した。

「今までずっと変わらなかったしゅうくんが、自分たちの見てない所で急に変わろうとしてる。なんだか一人だけ急に大人になったみたいで、きっとびっくりしたのよ」

「……だからって、そんなの俺の勝手じゃないですか。成長することも前に進むことも」

「そうだね。成長は人それぞれだもん。でもね、ずっと一緒にいると、どうして突然？　って納得いかないことがあるものよ。なんで自分たちには一言も相談してくれなかったんだ、って。それまでずっと一緒に色々なことを経験してきたのなら猶更《なおさら》」

「――っ」

ずっと、一緒。その言葉が、ひどく胸に突き刺さった。

たしかにそうだ。俺は中学の頃から神楽と柚葉とは長い時間を共に過ごしてきた。学校での時間。放課後。休日。部活。

たまに喧嘩《けんか》して、たまにふざけて。たまに笑い合って——俺が想像していた以上に、俺は、アイツらとの時間を共有していた。

高校も同じで、クラスも一緒だったはずなのに。

俺は、いつの間にかアイツらとの時間より、将来を優先していた。

それに気付いた瞬間、後悔が吐息となってこぼれ落ちた。

「はぁぁ。馬鹿は俺だった」

「その様子だと、何か思い当たる節があったかな」

「ありすぎました」

テーブルに突っ伏す俺を見て、緋奈さんがくすくすと笑う。

まだ、正直にいえば納得できない部分はある。やっぱり俺は悪くないと思うし、責められるのは筋違いだとも思ってる——でも同時に、アイツらの主張も痛いほど理解できてしまって。

「……俺、二人に勘違いさせちゃってる」

中学じゃ二人がいなきゃまともな学生生活を送れないほど自堕落を極めてたくせに、それなのに何の説明もなしに勝手に前に進もうとして、不義理にもほどがある。

「ちゃんと、謝らないとな」

テーブルに伏せていた顔を上げると、緋奈さんが柔和《にゅうわ》な声音で訊《たず》ねてきた。俺は、それにこくりと頷《うなず》く。

「もう大丈夫そう？」

「はい。おかげですっきりしました。月曜日、アイツらに謝ってきます」

「うん。しゅうくんはちゃんと謝れるいい子だもんね」

「頭撫《な》でないでください」

「いいでしょ。相談に乗った報酬ってことで」

「……はぁ。好きに撫でていいですよ」

やった、と俺からの了承を得た緋奈さんは、それから満足するまで頭を撫でてきた。

とりあえず、やることは決まった。あとはアイツらが納得してくれるかどうかだ。

緋奈さんに頭を撫でられながら、俺は覚悟を決めた眦《まなじり》を、波紋を作る黄金色の水面に映すのだった。

― 4 ―

「来たな」

「…………」

月曜日の放課後。部活動に励む学生たちの声が木霊《こだま》する中庭にて、ようやく現れた待ち人二人――神楽《かぐら》と柚葉に、俺はひとまず第一関門を突破したと安堵の息を吐く。

「露骨に話すこと避けてるけど連絡には応じると思ったわ。とんちくらべでもやってんのかよ」

「僕たちが来ないと柊真《しゅうま》がずっと中庭にいると思ったから来たんだよ」

「流石に下校時間になったら帰るよ」

まずはジャブ。滑り出しは好調と二人の顔色を窺《うかが》いながら会話を続行する。

「柚葉は、その、今日は急に呼び出して平気だったか？」

「う、うん。私も帰宅部だし、基本暇だから」

「そっか。なら、よかったわ」

柚葉とはぎこちない会話の応酬をする。柚葉は俺と視線を合わせようとはせず、右手で左腕を掴《つか》みながら俺と話していた。

「で、こんな所に呼び出した用件は？」

「あぁ。無駄話する気は俺もないよ」

柚葉の顔色を窺いそう促してきた神楽に俺も短く相槌《あいづち》を打った。それから、俺は一度深く息を吸う。そして、

「一応先に言っておくけど、俺はやっぱり謝ることに納得はしてないからな」

「「？」」

「でも、このままじゃ一生話は進まないから――」

「「――っ⁉」」

俺の不服を表明する態度に疑問符を浮かべる二人。そんな二人の顔が次の瞬間、驚愕《きょうがく》に満ちた、と思う。少なくとも平静ではなかったはずだ。

どうして俺の表現が曖昧なのか。それは、俺がアイツらの顔を今見られていないから。

二人の顔が見られない理由。それは――俺が深く頭を下げていたからだった。

「――ごめん」

「……柊真」

謝罪する俺に、柚葉の痛々しい声が鼓膜を震わせる。

俺は頭を下げ続けながら、

「正直、お前らが俺に対して憤《いきどお》ってることには未《いま》だに納得はできない。やる気出してそれを気に食わないって言われるのは心外でしかない。でも、理解はできた」

「…………」

「何の説明もせずに勝手に前に進もうとして、ごめん」

これが謝罪なのかは分からない。ごめん、とは伝えたけど、ただ文句を言っただけの気もする。

二人と対面する前に頭では整理できたはずのものが、二人の顔を見た途端にぐちゃぐちゃになっていた。

もはや感情に任せた謝罪といっていい。そんな謝罪が果たして受け入れられるかどうかは、俺には分かるはずがなかった。

「柊真。顔上げて」

「あぁ」

神楽の声に促されて顔を上げれば、神楽はいつも通りの顔をしていて、柚葉は今にも泣き出しそうな顔をしていた。

「やる気出した理由、僕たちに教えてくれる?」

「ごめん。それは、今はできない」

「なんでもだ。約束したんだよ。その約束を果たすまで、このことは口外しないって」

「その約束って、誰と？」

「言えない」

　できない、言えない、否定を並べる俺は二人に呆《あき》れられても仕方がないかもしれない。それでも、こればかりはたとえ親友の二人にでも告げられなかった。いや、親友だから猶更。

「言えないことばっかだけど、これだけは言える。俺は、今ある人の為に努力してる。その人に認めてもらいたくて、その人の隣に並ぶ為に他の人からも認められなきゃいけないんだ」

「────」

　緋奈さんと交際するということは、注目を浴びることになる。あんなに美人で、学校では毎日告白が絶えない女性だ。彼女と付き合うには、それ相応の覚悟がいる。

　その覚悟と自負を手にいれる為に、俺は、

「大変だって理解してる。一朝一夕じゃいかないって分かってる。それでも、やりたいんだ。やってみたいんだ。──どうしても、あの人の隣に立ちたいんだ」

もう一度、今度はさっきより深く頭を下げる。脳裏に、大切な人《緋奈さん》を思い浮かべながら。

「頼む。どうか、俺のことを見守っててほしい」

二人のことを親友だと認めている。だからこそ、俺たちがそうであると信じたいからこそ、懇願した。

他の誰よりも、まずは二人に認められなくちゃいけない気がするから。

そんな俺の懇願を聞き届けた二人は、終始沈黙を貫いていて。

「────」

頭を下げ続ける俺の視界にふと、靴のつま先が見えた。女子のローファーだった。

柚葉？　と思った矢先、

「うりゃりゃりゃ！」

「うわっ⁉　やめっ！　おいっ、止《や》めろ⁉」

突然髪の毛を乱暴に掻《か》き乱されて、狼狽《ろうばい》する俺。すぐさま制止を呼び掛けるも柚葉は一切言うことを聞かず、自分の気が満足するまで手を止めることはなかった。

やがて乱暴に掻く手が止まると、

「しゅう。顔上げて」

「──ん」

　柚葉の静かな声音にそう促され、俺は口を尖《とが》らせながら顔を上げた。

「ぷ。変な髪」

「お前が好き勝手やったんだろうがっ。お前の髪も滅茶苦茶《めちゃくちゃ》にしてやろうか⁉」

　嘲笑した柚葉に頬を引きつらせる。柚葉は一言も謝ることなくひとしきり笑うと、目尻に溜《た》まった涙を指先で払って、

「本当に何も教えてくれないね」

「……悪いと思ってるよ」

「ねえ。しゅうが言った認められたい人って、しゅうにとってそんなに……今までの自分を変えてまで一緒にいたい人なの？」

「あぁ。それくらい大切な人だよ。その人に認められないなら死んでもいい」

　躊躇《ためら》いなく答えれば、柚葉は「そんなになんだ」と感服したような吐息をこぼした。

「私より大切？」

「そんなの比べられるか。お前も、神楽だって、俺にとっては唯一の友達なんだ」

「もう少し友達作る努力すれば？」

「お前たちだけで十分だよ」

「ちょっとときめいた⁉」

「よかったね柚葉」

「おい。茶番劇止めろ」

言わせようとしたろ、とジト目を送れば、柚葉は「バレたか」と桜色の舌を出しながら自白した。

それから、柚葉は穏やかな顔をみせて。

「でも、そっか。その人は、しゅうに変わらなきゃいけないって思わせるほど凄《すご》い人なんだ」

「あぁ。凄い人だよ。だから一日でも早くその人に追い付きたい」

追い付きたい。追い付いて、この恋慕を告げたい。

その言葉と想《おも》いに嘘偽《うそいつわ》りはない。それを、柚葉も俺の顔から察して、

「ああもうしょうがない！　しゅうはすぐ怠けそうだから、私と神楽が見守っててあげないと！　神楽もそれでいいよね！」

「ふふっ。僕は柚葉がいいならそれでいいよ」

諦観を悟ったような、呆れたような大仰な嘆息を吐いた柚葉は、それから感情を爆発させるように叫んだ。柚葉の意見に神楽も微笑を浮かべながら同意を示す。ということはつ

まり、

「見届けてあげる！　……その代わり、今日は帰りにアイス奢《おご》って」

「この時期にアイス食うのかお前」

「じゃあキャラメルラテ奢《おご》って！」

どうやらそれが二人に認めてもらう前払いのようで、俺はやれやれと肩を落とす。

「分かったよ。奢ればいいんだろ」

「言ったな？　男に二言はないぞ？」

「ないよ。柚葉には特別にドーナツも追加してやる」

「よっしゃー！」

苦笑を浮かべる俺とは裏腹に、おまけももらえてはしゃぐ柚葉。これから俺の進む道を見届けてくれると約束してくれたんだ、ならこの対価は安い方だろう。

先週の重たい空気はどこへやら、すっかり元気を取り戻した柚葉が高々と拳を突き上げて、

「そうと決まれば早速コンビニにレッツゴー！」

「急にご機嫌になりやがった」

「べつに完全に納得できたわけじゃないからね。その時が来たらちゃんと、全部私たちに

打ち明けること！」

「分かってる。姉ちゃんの次にお前たちに伝えるよ」

「……シスコン」

「シスコンじゃねえ。義理通すだけだ」

地面に置いた鞄《かばん》を肩に掛け直した柚葉が先を行き、それを追いかけるように俺と神楽がゆっくりと歩き出す。

「ところで柊真《しゅうま》。僕のドーナツは？」

「お前にはない」

「じゃあ僕は認めてあげなーい」

「ああもう分かったよ！　お前も好きなもの食え！」

「やったぁ。じゃあ僕肉まんで」

「ドーナツじゃねえのかよ！」

「あ。じゃあ私あんまん追加で！」

「おい！　さりげなく追加すんな！　ドーナツかあんまんどっちかにしろ！」

「しゅうのケチー！」

「万年金欠学生舐《な》めんな！」

夕陽《ゆうひ》の落ちる校舎に、俺たち三人の声が木霊《こだま》する。それが、不意に郷愁《きょうしゅう》とよく似た感情を胸に抱かせて、自然と双眸《そうぼう》が細くなった。

こうして、俺は無事に神楽《かぐら》と柚葉と和解できたのだった。

「ちょっとお話いいですかね」

「……キミは」

昼休み。自販機の前で悩む黒髪の美女——緋奈藍李《あかなあいり》さんの隣に並びながら自販機のボタンを押した僕は、ぷらぷらと缶コーヒーを振りながらニコリと笑みを浮かべた。

「たしか、神楽くんよね？　雅日《みやび》くんの友達の」

「はい。実は柊真のことで少し緋奈先輩と話したいことがありまして」

「それ、私に答えられるかしら」

緋奈先輩は苦笑交じりに自販機のボタンを押した。ガコン、と音を立てながら落ちてきたそれを拾うと、

「でもいいわよ。私に答えられるものであれば、だけど」

「恐縮です」

僕を真似《まね》てホットココアを振りながら応じた緋奈先輩に、思わず不敵な笑みがこぼれた。

それから僕と緋奈先輩は場所を変えて、人気《ひとけ》のない校舎裏へ移動した。

「それで、話って何かしら？」

無駄話をするつもりはないらしく、早速本題に入ろうとする緋奈先輩に、僕もその意思に応じるように彼女に訊ねた。

「単刀直入に伺《うかが》います。緋奈先輩は、柊真とはどんな関係なんですか？」

「どんな関係とは？」

僕の質問に緋奈先輩はきょとんとした顔で小首を傾《かし》げた。演技にも似たその顔に不快感を覚えながらも、冷静さを失わないように一拍置いて続けた。

「これはただの僕の推測です。何の根拠もない。でも、柊真の態度から見て分かるんです。アナタと何かあったって」

「雅日くんの態度と私に何の関係があるのかな？」

「柊真の機嫌が良くなるのは大抵アナタが関係してます」

「それで私に白羽の矢が立ったと」

緋奈先輩はホットココアに口をつけながら視線だけ僕にくれた。

「たぶんだけど、キミの勘違いじゃないかな」

私と雅日くんはお姉さんを挟んだだけの知り合いだよ、と何一つ表情を崩さず答えた緋奈先輩。

それは違うと、僕の勘が……いや、脳が警鐘《けいしょう》を鳴らす。

「実は最近、柊真と喧嘩《けんか》したんです」

「あら。それは大変だったわね」

他人事《ひとごと》のように驚く緋奈先輩。本当に初耳なのか？　と疑惑が胸裏に渦巻く。

「もう仲直りはしました」

「そっか。ならよかった」

「実は、その時に柊真が言ったんです。認めてもらいたい人がいるって……」

僕は一度言葉を区切ると、キリッと双眸を細めて、

「それは、アナタなんじゃないんですか？」

「――――」

それなりに柊真とは長く一緒にいたから分かる。柊真が自分を変えようと決心するほどの相手は、この人以外に考えられない。柊真が認めて欲しい相手は、きっと今、僕が対峙《たいじ》している緋奈藍李という存在だ。

返答を求める視線を注ぐ。そんな視線に緋奈先輩は何一つ動じることはなく、わざとら

しく人差し指を顎に当てながら、

「それは直接雅日くんに聞いてみないと分からないんじゃないかな」

「柊真はそれ以外は何も教えてくれませんでした。その人と約束してるから、何も口外できないって」

「そうなの。意外と口が堅い子なのね。雅日くんて」

「……全部知ってるくせにっ」

自然な口調。自然な反応。自然な態度。そこに違和感なんてない——だからこそ、怖気《おぞけ》と苛立《いらだ》ちが込み上げてくる。

僕の直感が、目の前の女性の全てが『演技』だと警告していた。僕自身も、それに相違ないと肯定する。

質問のことごとくを鮮やかに、手際《てぎわ》よく、いっそ不気味とさえ感じるほど華麗に捌《さば》かれる。——まるで、道化師に手のひらで弄ばれている気分だった。

「アナタが本当に柊真と関わってないのならそれでいいです。でも、もし今アナタの言っていることが全て嘘なら、柊真に近づく理由はなんですか?」

「——————」

「男除《よ》けですか? 遊び相手ですか? それともアイツの純粋な恋心を弄んでるだけです

か？」

「本当に柊真のことが好きなら、僕の質問にせめて一つでも答えてくださいよ！」

ここまで問い詰めても表情一つ崩さぬ美貌《びぼう》に声を荒らげて訴えかければ、その嘆願が通じたのか緋奈先輩は静かに口を開いて、

「――キミの言っていることは、全部妄言よ」

「……っ！」

揺るぎない瞳が真《ま》っ直《す》ぐに僕を見つめながらそう答えた。

「私と雅日くんには何の関係もない。友達でもなければ話したことだってろくにない。私と彼は、真雪《まゆ》を挟んだだけの知り合いよ」

「……もう、いいです」

「そう。ごめんね。変な妄想させちゃって」

緋奈先輩は頭を下げた。その行為さえ既に、僕は真意が読めなくなってしまっていた。

放心状態のまま振り返って、緋奈先輩から離れていく。

「……僕は、アナタと柊真の恋を応援できません」

「――」

「僕には、柊真と結ばれて欲しい女の子がいるから」

「……っ！」

「僕は、その子の恋を応援します」

最後。負け惜しみのようにそう言い残して、僕は足早に校舎裏を去った。

「ごめん。柚葉《ゆずは》」

こんなことは柚葉も柊真も望んでいないことは重々承知している。

それでも、僕は緋奈藍李という女性だけは、柊真と結ばれて欲しくなかった。


「――ごめんなさいね」

悔し気に去っていく後ろ姿を見届けながら、私は謝罪を口からこぼした。

ようやく神楽くんの姿が完全に見えなくなったところで、私はほっと安堵《あんど》の息を吐く。

「なんとかボロは出さずに済んだかしら。しかし彼、尋問上手ね」

度々痛い所を突かれて顔に出そうになったけれど、普段人前で『お姫様』を演じている経験が役に立った。お姫様を演じるなんて大概損でストレスが溜《た》まるんだけど、今回は不幸中の幸いといったところだ。

「しゅうくん。結局約束通り何も言わなかったんだ」

友達と喧嘩《けんか》したのが私が原因ではなくとも原因の一つであることは理解していた。彼が私の為《ため》に変わろうとしていることもなんとなく察していたから。

原因の一つが私である以上、直接解決はできずとも助言するのは責務だと思った。その結果無事に友達と仲直りできたのは僥倖《ぎょうこう》だけど、しかし私がまた新たな溝を作ってしまった。

「しゅうくんと結ばれて欲しい子、ね」

壁に背を預けて、私は別れ際《ぎわ》に神楽くんが言ったあの言葉を思い出す。

やっぱり、私以外にもしゅうくんに恋心を抱いている子はいるんだ。それは容易に納得のできることだった。しゅうくんは不愛想《ぶあいそ》だけど根はすごくいい子で、誠実な子だ。それに気付けば彼に惹《ひ》かれる女子が一人や二人くらいいても何らおかしくない。

かくいう私も彼の優しさと誠実さに惹かれたその一人な訳だし。

「たしかにぽっと出てきた女が、これまで丁寧に整地した盤面をいきなり荒らし始めたら気に食わないでしょうね」

でも、神楽くんが言っていた子には申し訳ないけど、私は譲る気はない。

だって、しゅうくんは、私がようやく見つけた〝好きになれる〟人だから。

だから多少強引な、それこそ卑怯《ひきょう》と、泥棒猫と蔑《さげす》まれようとも必ず手に入れてみせると決めた。

「恋は戦争なのよ」

そう。恋は戦争だ。血で血を洗い、己の魅力を惜しみなく意中の殿方に伝える。どちらが本命と先に結ばれるかの争奪戦。恋は、残酷なのだ。

恋は足踏みする方が負ける。

私は足踏みなんかしない。しゅうくんにもっと私を知って、そして好きになってほしいから。

私は手に入れたチャンスを最大限利用して、必ずあの子を堕《お》としてみせる。

「はは。醜《みにく》い女ね。私は」

こんな醜い部分。とてもではないけれどしゅうくんには見せられない。でも彼なら、その醜さごと優しく包み込んでくれるのではないかと期待している自分もいる。

「はぁ。どうやら、努力しなきゃいけないのはしゅうくんだけじゃないみたいね」

私も来《きた》る日に備えて、念入りに準備する必要があるみたいだ。

もししゅうくんと正式に交際できたとしても、それを周囲に認めてもらえなければ何の意味もない。べつに私は気にしないけれど、それでしゅうくんが大切にしている人たちと疎遠になってしまっては申し訳ないでは済まない。全力土下座もの、破局する覚悟だ。

「頑張らないと、私も」

しゅうくんにもっと好きになってもらえるよう。そして、周囲に私たちの関係を祝福してもらえるよう、努力しよう。しゅうくんが、今その為に藻掻《もが》いてくれているように。

人知れず決意を固める私を、天高く上るお天道様《てんとさま》が「頑張れ」と応援してくれているような気がして、私はそれに応えるようにぐっと両脇を引き締めたのだった。


――5――


「じゃあまたね、しゅう！」

「おーう。気ぃ付けて帰れよー」

先生か、と柚葉は笑いながら大きく手を振った。それに適当に手を振り返せば、柚葉は満足げな顔をして教室を去った。

「さて、俺も帰るか。神楽《かぐら》……はもう帰ったか」

既にもぬけの殻状態の神楽の席を見て、俺はリュックを背負った。神楽はおそらく今日はカノジョと放課後デートの日なのだろう。中学生と付き合うのは色々と大変だろうに。

そんなことを考えながら教室を出て、そしてしばらく廊下を歩いていると、

「どわあっ⁉」

不意に手を摑《つか》まれてビクッと肩を震わせる。何事かと慌てふためくそんな俺に構わず、俺の手を摑んだ華奢《きゃしゃ》な手は、そのまま廊下を駆け抜け始めた。

「え、ちょ⁉　待ってだ、れ……緋奈《あかな》さん⁉」

見覚えのある黒髪にそう問いかけると、その女性——緋奈さんは、にししと笑いながら振り返って、

「正解っ！」

「なんで急に走って……てかどこに行く気ですか⁉」

「それはなーいしょ」

声音を弾ませる緋奈さんに手を引かれて走ること数分。彼女に半ば強制的に連れてこられたのは、空き教室だった。

「なんでいきなりこんなとこに……うおっ⁉」

「すんすん。えへへ。しゅうくんの匂いだぁ」

困惑する俺に更なる驚愕《きょうがく》の出来事が起きる。俺を空き教室に招いた緋奈さんが、何の脈絡もなく抱きついてきたのだ。

「ちょっと！　学校でこんなことダメですよ！」

「大丈夫だよ。この為にわざわざ人が来ない空き教室を選んだんだから」

おいおい。確信犯かよ。

「だからって、もし誰か来たらどうするつもりですか？」

「その時は適当に誤魔化すわよ」

「誤魔化せますかねこの状況？」

「いざとなったら物理的に記憶消すわ」

「急に怖いこと言わないでくださいよ」

普段の穏やかな緋奈さんからは想像できないバイオレンスな言葉が出てきて思わず背筋が震えた。

俺は依然として飲み込めないこの状況を、声に乗せて訊《たず》ねた。

「……でも、急にどうしたんですか？」

「その質問に答えて欲しければ、まず私を抱きしめ返しましょう」

「……うぐ」

ぐりぐりと頭を擦《こす》りつけてくる緋奈さんに俺はたじろぐ。

本当に抱きしめ返していいのかと逡巡《しゅんじゅん》していると、緋奈さんがやや強引に俺の両手を摑んでそのまま背中へと回させた。

嘆息を吐き、仕方なくそっと細い背中に手を添えると、満足げな吐息が胸元で聞こえた。

「これで質問に答えてくれますよね」

そう訊ねると、緋奈さんはまだ胸に顔を埋《うず》めたまま、こくりと頷《うなず》いてくれた。

「それで、急に俺を空き教室に連れ込んだ理由はなんです？」

「しゅうくんとイチャイチャしたかった」

「え、特に理由なしですか⁉」

驚くと、緋奈さんはぷくぅと頰を膨らませた顔を勢いよく上げて、

「それだけのことじゃないわよ！　仮でも恋人同士なのに、学校で満足に会えないどころか話せないのってすごくストレス溜まるんだから！」

「……言われてみればたしかに、今週は一緒にお昼食べてませんでしたね」

「原因は主に私だけどね！」

「ぐふっ」

情緒不安定な緋奈さんが俺の胸にまた勢いよく顔を埋めた。それからぐりぐり擦りつけてくる。

どうやら、俺と一緒の時間を過ごせなかったことにストレスを溜めていたらしい。

なんとも可愛《かわい》い理由に思わず頬を緩めてしまいながら、

「ああもう。せっかくの綺麗《きれい》な髪がぐしゃぐしゃになっちゃいますよ」

「じゃあしゅうくんが直して」

「……幼児退行してる」

ワガママにも似たお願いに苦笑がこぼれる。それから俺はお姫様のご要望通り、手櫛《てぐし》に申し訳なさを覚えながらもくしゃくしゃになった髪を梳《と》き始めた。

「もしかして、寂しかったですか?」

「……(こくり)」

恐る恐る伺《うかが》うと、緋奈さんは無言のままこくりと頷いた。

「明日になればまたしゅうくんと一緒にいられるって分かってるけど、我慢できなかったわ」

緋奈さんは俺に視線だけくれて、

「しゅうくんはどうなの?」

「そんなの、緋奈さんと同じに決まってますよ」

「本当?」

「嘘《うそ》なんか吐《つ》きません。俺だって、本当は学校で緋奈さんともっと話したりこんなことしたいです。でもまだアナタに相応《ふさわ》しい男にはなれてないから、その気持ち全部我慢してるんです」

「我慢なんてしなくていいのに」

拗《す》ねた風に呟《つぶや》く緋奈さん。ごめんなさい、と胸中で謝りながら、

「でもこればかりは譲れません。緋奈さんだけじゃなくて他の人からも認められないと、きっと緋奈さんに嫌な思いをさせてしまう」

「…………」

艶《つや》やかな黒髪を撫《な》でながら胸の内に秘めた想《おも》いを吐露すれば、緋奈さんは紺碧《こんぺき》の双眸《そうぼう》を揺らして沈黙した。

静寂の時間が数秒続いたあと、緋奈さんは蚊の鳴くような声で呟いた。

「私も、同じよ」

「?」

「私も、しゅうくんと一緒に居る為に他の人たちから認められないといけない」

「緋奈さんはもう既にたくさんの人たちから認められてるじゃないですか」

眉根を寄せながらそう言えば、緋奈さんはふるふると首を横に振って、

「ううん。本当に認めてもらいたい人たちからはまだ認められていないから」

俺の家族のことだろうか。母さんたちならきっと緋奈さんのことすごく気に入ると思うんだけど。

緋奈さんが認められたい相手がいたことに驚きながら、俺は胸元に顔を埋める彼女に向かってこう囁《ささや》いた。

「なら、お互い頑張らないとですね」

「うん。頑張らないとだね」

お互いに認めてもらいたい人たちがいる。その人たちに認めてもらう為《ため》に、一緒に努力していく。それが、なんだか一緒に苦難を乗り越えていくみたいで。

「ふふ」

同じ苦難に直面したことがまさかこんなに嬉《うれ》しいとは思わず、つい笑みがこぼれてしまった。

「キミといると、やっぱり落ち着くな」

「ならもう離れても大丈夫そうですか?」

軽く背中に回していた手をすこし離すと、むくりと顔を上げた緋奈さんが潤《うる》んだ瞳で俺を睨《にら》んできた。そして、こんな悪戯《いたずら》な問いかけを投げてくる。

「しゅうくんはもういいの? 私と学校でイチャイチャできる貴重な機会をすぐに止めち

やって？」

「その問いかけはずるいですっ」

そんなこと言われたら、簡単には止められなくなってしまう。

彼女の甘い香りと子どものようにおねだりしてくる瞳。制服越しにでも伝わる華奢《きゃしゃ》なが
らも柔らかく、抱き心地がいい身体《からだ》と温《ぬく》もり。

「どうですか？　私の抱き心地は？」

「そんなの、言わせようとしないでください」

まるで俺の心を読んだかのように語り掛けた緋奈さんは、妖艶《ようえん》な微笑を浮かべた。

すっげぇ心臓ドクドクいってる。

甘い。甘すぎて、吐き気すら覚える。

顔が熱くなって、真っ赤になって、恥ずかしくなってそっぽを向いて逃げる。けれど、
意地悪な先輩は幼気《いたいけ》な後輩を逃がしてはくれなくて。

「だーめ。ちゃんと教えて？」

「――っ」

甘い声。おねだりするような声音に威圧感なんてない。それなのに、不思議と逆らえな
い強制力があって。

「……めっちゃ最高です」

「ふふ。ならもっと堪能《たんのう》しちゃおうよ。ここなら誰も来ない。今なら私を抱きしめ放題だよ」

「破壊力抜群すぎるだろぉ」

悶絶《もんぜつ》する俺を見て、緋奈さんは嬉しそうにころころと喉を鳴らす。

「さ、どうしますかしゅうくん。こんなに抱き心地がいい女と今すぐ離れますか？　それとも、もっと私に甘えますか？」

「ずるいなぁ、緋奈さんは」

「あはは。そうだよ。私ってすごく狡《ずる》いの。しゅうくんに退路なんて用意してあげない悪い女なんだよ」

そう言って、緋奈さんは元々なかった俺との距離をさらに詰めて、密着させてくる。空気の入る隙間さえも許さないほど、ぴったりと。

やばい。本当に、やばい。

これは、欲求に抗《あらが》えないなぁ。

あぁ、なんて半端《はんぱ》なやつ。

情けなさを覚えながらも誘惑には抗えず、結局離そうとしていた緋奈さんの背中に手を戻して、あまつさえぎゅっと引き寄せてしまった。理性ではなく、本能がそうさせた。

そんな情けない男の決断を、眼前の女性は嬉しそうに口許《くちもと》を綻ばせる。

「そうだよね。もっと私とこうしてたいよね」

「よかったですね。俺の完敗ですよ」

甘い香りで容易《たやす》く俺というザコ虫を捕まえてご満悦気に微笑《ほほえ》むお姫様に、俺は嘆息を吐くと、

「なら今日はもう少しだけ、緋奈《あかな》さんとこうしてたいです」

「うん。私も、しゅうくんの体温もっと感じたい」

「……可愛い」

あぁ、溺れていく。緋奈藍李《あいり》という女性に、身も心も懐柔《かいじゅう》されていく。

抱きしめる彼女の柔らかさと愛《いと》しさを感じながら、俺はしばらくこの甘い時間を堪能するのだった。

「……大好き」

第4章【紺碧《こんぺき》の世界と頬に口づけを】

――1――


最近の俺の休日は、緋奈さんと過ごす時間が圧倒的に増えた。

「お昼ご飯できたよー」

「ありがとうございます」

キッチンからひょっこりと顔を覗《のぞ》かせる緋奈さんに新妻感あるなと苦笑しながら返事して、俺はぐっと背中と腕を伸ばした。

「今日のお昼ご飯はなんですか？」

「今日は混ぜご飯とつみれ汁だよ」

「やった。両方大好きなやつです」

「ふふ。今のうちにしっかりしゅうくんの胃袋摑《つか》んでおかないとね」

「もう鷲摑《わしづか》まれてますよ。これ運びますね」

「ありがと」

未《いま》だに緋奈さんに昼食を作らせることに申し訳なさは覚えるものの、本人曰《いわ》く「やりたくてやっていること」なのでわざわざ追及する気はなかった。代わりに、食器洗いとこうして完成した料理を運ぶのを手伝っている。

料理を運び終えて席に座れば、緋奈さんもやや遅れて対面席に腰を下ろす。それから、二人で声を揃《そろ》えて「いただきます」と手を合わせる。自分たちの血肉になってくれる命たち（俺は加えて料理を作ってくれた緋奈さんに）に感謝しつつ、楽しい昼食の時間が始まった。

「うっま」

お茶碗《ちゃわん》いっぱいに盛られたひじきの混ぜご飯。豊潤《ほうじゅん》な香りを湯気に乗せるそれに食欲を刺激されるまま口に運べば、そんな賛美が反射的に口からこぼれた。

まろやかに仕上げられた鰹醤油《かつおじょうゆ》はほどよい甘さと塩味があり、鼻から抜けるひじきの磯《いそ》の香りとごま油の風味が胃に更なる食欲を促してくる。

噛《か》めばしっかりと弾力のあるえんどう豆とこりっとした触感の刻みこんにゃく、それからだしのしみ込んだ油揚げの噛み応えがなんとも絶妙で、口の中が至福という味で満たされる。

「緋奈さんの料理はほんと世界一美味《おい》しいです」

「ふふ。褒めてくれてありがと」

「うめぇ」

語彙力が壊滅的になるくらいには、緋奈さんの料理は絶品の一言に尽きた。

好きな人の手料理というバフもあるのだろうが、それを抜きにしても緋奈さんの料理の腕前は学生の域を優に超えている。

この領域に至るまでにいったいどれほどの歳月を掛けたのかは分からない。きっと、俺の想像している以上の年月を要したはずだ。だからこそ、彼女の努力をこうして堪能している者として、せめて心から感じたことと賛辞を何度も伝えようと思った。

「つみれ汁もいい塩梅《あんばい》です」

「ご飯がよく進むでしょ」

「止まりません」

「あはは。しっかりよく噛んでね」

「はぁい。……もぐもぐ」

頬が垂れ落ちる俺を見て、緋奈さんは満足げに薄く微笑む。慈愛を宿す双眸《そうぼう》に見つめられていることには気付いていながらも、今の俺の意識は目下のご馳走《ちそう》に夢中になっていた。

「そういえばしゅうくん。最近ご飯ができるまでの間勉強してるよね？」

「もぐもぐ……作ってもらってる手前ゲームするのは申し訳ないですし、予習復習する時間に丁度いいので」

咀嚼《そしゃく》中だったものを飲み込んでから答えれば、緋奈さんは「本当にいい子」と目を丸くする。

「べつにゲームとか動画観《み》てもいいのよ？」

「うーん。でもやっぱり気が引けます。それに学力も上げないといけないですし」

「うんうん。勉学に励むのは学生としての本分だし、そして立派な考えね」

「あはは。こう考えるようになったのも、緋奈さんとこうして一緒にいるようになってからですけど」

「なにそれすごく嬉しい。食べ終わったら抱きしめていい？」

「今日は我慢してください」

「むぅ。しゅうくんのケチ」

最近、緋奈さんの愛情表現が前よりも積極的になったし、それに頻度が増した気がする。

口を尖《とが》らせる緋奈さんの抗議の視線を意図的に無視すると、俺の耳にこんなぼやきが聞こえてきた。

「正式に付き合ったら覚悟しなさいよね」

「なにされるんですか俺」

「それは付き合ってからのお楽しみ～」

小悪魔が愉快げに口許を歪《ゆが》めて、俺はぞくっと背筋を震わせた。本当に何する気なんだ。

今からでも対処法を探ろうとするもそもそも何をされるのかが分からない。仕方なく諦観を悟るようにその未来に腹を括《くく》れば、緋奈さんは肩を落とす俺をなんとも楽しそうに眺めていた。

そうしてまた箸《はし》で掬《すく》った混ぜご飯を口に含んだところで、緋奈さんが「そうだ」と何かを思い出したように声を上げた。

「ねぇしゅうくん。私、来週行きたい所があるの」

「行きたい所？」

オウム返しする俺に緋奈さんはこくりと頷《うなず》くと、

「水族館に行きたいな」

また珍しい、と俺は目を丸くする。……意外、いやそうでもないか。水族館はデートスポットとしては定番だし有名だ。それに緋奈さんが水族館に行きたいとご所望であるなら、カレシである俺が従うのが道理。俺の方も来週は特に予定もないので特段拒否する理由も

ない為、

「いいですよ。行きましょうか、水族館」

「やった」

二つ返事で頷けば緋奈さんは無邪気な笑みを浮かべた。普段は容姿や振舞いで大人びて見える彼女も、こういう時は16歳らしい年相応の女の子に見える。

目に見えてはしゃぐ緋奈さんは、声音を弾ませて俺に訊《たず》ねた。

「しゅうくん、生き物に詳しいでしょ」

「詳しいってほどでもないですけどね。でも魚は好きですよ」

「知ってる。だから誘ったの」

「緋奈さんは魚好きなんですか？」

「人並みかな。でもデートと言ったら水族館でしょ？」

「定番ですしね」

「行くならやっぱりお互い楽しめる所じゃないとね」

「俺は緋奈さんとなら何処《どこ》に行っても楽しいですけど？」

「キミはまたそんなこと言って……嬉《うれ》しいから抱きしめていい？」

いけない。緋奈さんの性欲を刺激してしまった。

今日は我慢してください、と鼻息を荒くする緋奈さんを落ち着かせて会話を再開する。

「それじゃあ、来週は水族館に出掛けるということで」

「出掛けるなんてロマンのないこと言わないで。デートと言ってちょうだい」

「で、デートということで」

「ふふ。照れてるしゅうくん可愛《かわい》い」

俺にとってはまだ歯の浮く単語を強引に吐かせる緋奈さん。顔を朱《あか》くした俺を見てご満悦に微笑む悪女に頬を引きつらせながら、俺はやり場のない感情を混ぜご飯ごと掻《か》き込んだ。

「……いい加減、俺をからかう癖直してくださいよ」

「嫌よ。しゅうくんをからかえるのはカノジョ特権だもの」

「やめる気ないじゃないですか」

「しゅうくんが可愛いのが悪い」

べつに可愛くないと思うが。まぁ、年上からすれば年下は全員可愛く見えるのかもしれない。

「じゃあ俺が照れなくなったら止《や》めてくれますか」

「その時は照れるまでからかい続けるだけよ」

この人なんで俺をからかうことにこんなに全力投球なんだろうか。本当に訳が分からん。

俺は辟易《へきえき》とした風にため息を落とすと、

「はぁ、もういいです」

「ふふ。ということは引き続きからかっていいということね」

「止めろと言っても止めないいんだから諦めるしかないじゃないですか」

「これも私の愛情表現だと思って受け止めて欲しいな」

「……まぁ、そういうことなら」

「ちょろいわね」

緋奈《あかな》さんは「心配になる純粋さだわ」と憂慮を帯びた視線を向けてきた。べつに純粋って言うほど純粋でもないんだけど、俺。

俺がからかわれることを甘んじて受け入れるのだって、いつか来る仕返しの日の為《ため》だ。その日が来たら、緋奈さんが泣き喚《わめ》くほどイジメてやるつもりだ。もちろん、バイオレンスな方向ではなく、男としてロマン溢《あふ》れる仕返しである。具体的な内容は当日のお楽しみということで。ぐへへ。

そんな不埒《ふらち》な思考に耽《ふけ》っていると、緋奈さんが若干引きながらジト目を送ってきているのに気付いた。

「なーに笑ってるの？」

「べつに。何でもないですよ」

「嘘《うそ》だ。なにかよからぬこと考えてるでしょ」

「さぁ？」

白を切る俺を緋奈さんは訝《いぶか》る視線で睨《にら》み続ける。

「言っておくけどえっちなことはダメだからね？」

「分かってます。緋奈さんじゃないんだから」

「たしかに私はしゅうくんを性的な目で見てるけども」

「さらりととんでもないこと認めましたね⁉」

「当たり前でしょう。仮とはいえ付き合っている男女が一つ屋根の下にいるのよ！　ぶっちゃけ襲いたい！」

「本当にぶっちゃけたよ⁉　つかなんで俺が襲われる前提なんですか⁉」

「べつにしゅうくんが主導権を握ってもいいよ。ただ、果たして私を満足させられるかしら？」

「うぐ」

そう言われると途端に自信がなくなる。

たじろぐ俺に、緋奈さんはその反応が答えだと愉快げに口許《くちもと》を歪め、

「ね。その時が来たら私が年上としてしっかりリードしてあげる」

「お、お手柔らかにお願いします」

「ふふ。それは未来の私に言ってちょうだい」

「今からすごく未来が怖くなってきました⁉」

いつかは緋奈さんと結ばれる日が来るかもしれない。そんな日が無事に訪れてくれることに期待を抱きながらも、ニコリと笑った彼女の底知れぬ性欲に戦慄を覚えずにはいられなかった。

――2――

待ちに待った水族館デートは、絶好のデート日和の下行われた。

今日は特段気合の入ったコーデのせいか、いつもより可愛く見える緋奈さんに心惹《ひ》かれながら、俺は彼女との水族館デートを満喫していた。

「見てみてしゅうくん！　チンアナゴよ！」

「チンアナゴ～」

「なにそれ？」

ゆらゆらと海中で揺蕩《たゆた》うチンアナゴ。その真似《まね》をする俺を、緋奈さんは不思議そうな顔に小首を傾《かし》げて眺めていた。……なるほど。リ〇リコは観てないのか。

コホン、と先の痴態《ちたい》を誤魔化すように咳払《せきばら》い。それから、何事もなかったかのように緋奈さんの隣に並んだ。

「水族館といえばの魚ですよね。ちなみにチンアナゴって警戒心が強いらしくて、人の気配を察知するとすぐに砂に潜るそうですよ。なので、使われてる水槽のガラスはマジックミラーになってるそうです」

「そうなんだ。しゅうくん物知りだね」

「あはは。実はこっそり調べました」

「へぇ。それは誰の為に？」

「っ。……言わせないでくださいよ、そんなこと」

デートでも通常運転な緋奈さんに弄ばれながらも、心は弾むばかり。

「この魚、縦に泳いでるわね」

「ですね。こういう泳ぎ方が独特の魚って大体は何かに擬態《ぎたい》してることが多いですよね」

「じゃあこれは何に擬態してるのかな？」

「海なら水中に漂う海藻とかですかね」

デート直後は人の目線が気になっていたが、こうして緋奈さんと水槽で泳ぐ魚たちを楽しく鑑賞していると次第にデートに夢中になっていく。せっかくのデートなのだ。他人の視線を気にして楽しめないのは勿体《もったい》ない。

「あれ？　ここ魚いないわね」

「いや、ここにいますよ」

「え、どれどれ……あっ。本当だ」

「リーフフィッシュ。葉っぱに擬態する魚ですね」

「すごく上手に隠れるのねー」

「これも天敵に襲われない為の生存能力ってやつですねぇ」

なにはともあれデートは順調。二人で存分に水族館デートを満喫している真っ最中だ。

「あ。こっちにデンキナマズもいるよ」

「おー。本当だ。はは。のんびりしてる」

「こんなやる気なさそうな顔にみえて実はすごく危険な生き物なのよね」

「ですね。まぁ、コイツよりデンキウナギの方が発電力高いらしいですけど」

「そうなんだ⁉」

「はい。デンキナマズの方は400ボルトで、デンキウナギの方はたしか800ボルトだったっけな?」

「へぇ〜」

「らしいです。まぁ、デンキナマズとかが発電する理由って、大体はエサの捕食と周囲を探る為らしいですけど。でも自分で磁場を作れるってカッコいいですよね」

「男の子ならではの感想ね。……ね、もしかしてそれも調べたの?」

「はい。水族館に行くのに何の知識もなく魚を見るって、それはそれでいいとは思いますけど、でもやっぱり緋奈さんに楽しんでもらいたいから。……まぁ、後半は生態について調べるのが面白くなって本来の目的忘れちゃいましたけど」

「…………」

「緋奈さん?」

裏でこっそりデートの事前準備をしたことを吐露することに照れくさくなってぽりぽりと頬を掻いていると、緋奈さんが顔を俯《うつむ》かせていることに気付いた。

もしかして何かやらかしてしまったか、と狼狽《ろうばい》する俺の耳に、ふと小さな囁《ささや》き声が聞こえた。

「……ほんと、そういうところ」

肩を叩《たた》こうとした、その時だった。思わず見惚《みと》れてしまうほど可憐《かれん》な微笑《ほほえ》みを浮かべて顔を上げた緋奈さんが、紺碧《こんぺき》の瞳を揺らしながら俺を真《ま》っ直《す》ぐに見つめてきて。

「あのー、緋奈さん……」

「私を楽しませようとしてくれたんだね」

「ま、まぁ、せっかくのデートなのに緋奈さんを退屈させたくないですから」

「しないよ、退屈だなんて。キミといる時間が何より心地いいんだから」

「そ、それは、そう思ってもらえたなら、光栄です」

「ふふ。しゅうくんのそういうところ、本当に大好き」

「〰〰っ」

大好きとか、そんなこと言われたら、嬉《うれ》しくなるに決まってるじゃんか。

顔を腕で隠す俺に、緋奈さんはご満悦げに口許を綻ばせて、

「今日はたくさん、しゅうくんのことが知れそうだね」

「……それはこっちの台詞《せりふ》です」

バクバクと騒がしくなる心臓を必死に落ち着かせながら、俺は隣で微笑む彼女を横目で見つめたのだった。

「……クラゲには心臓も血液もないんですって。それと脳も。その代わり、全身に神経が張り巡らされているんです。よくクラゲに刺されたって聞きますし俺も小さい頃に一回だけ刺されたことがありますけど、実はクラゲにとってはただ触れた箇所がエサだと勘違いして捕食しようとしただけみたいです。まぁ、痛いのには変わりないし近づかないのが無難ですね。水中にいるクラゲを水上から発見できるかどうかは別として」

「本当に詳しいねぇ」

引き続き緋奈さんと水族館デートを満喫していると、クラゲについて解説し終えた俺に緋奈さんは感慨深そうに長い吐息をついた。

「意外と楽しいものですよ。生き物について知るって」

「ふふ。そんなに生き物が好きなら将来は獣医になってみたら？」

「飼育係じゃなくて、獣医ですか？」

「それはしゅうくんの好きな道を選べばいいと思うよ。ぱっとその職業が思い浮かんだだけだから」

流石《さすが》頭のいい人は発想から違う。獣医なんて選択肢、俺の頭には欠片《かけら》ほど思い浮かばなかった。

「獣医かぁ。大変そうだなぁ」

「頭の隅に置いておくだけでもいいと思うよ。もししゅうくんが本当に獣医を目指すなら偏差値の高い大学に進学しなきゃいけないわけだし、そうでなくとも生き物に関わる仕事をしたいならそれに特化した大学に進む必要があると思うから」

「たしかに」

「でも今私が言ったことはあくまで私の意見だから、やっぱりしゅうくんの将来はしゅうくん自身が決めるべきことだと思うわ」

「いえ。とても参考になります」

これまでは将来なんて適当に大学進学か就職する程度にしか考えてこなかったけど、緋《あか》奈《な》さんの言葉でまだ抽象的ではあるがやりたいことが定まった気がした。

「……獣医か」

「しゅうくん。勉強頑張ってるんだし、上を目指すなら今から目指した方が私はいいと思うよ。一般企業に就職するにせよ自営業するにせよ学歴は大事になるから」

「ですね」

緋奈さんといると、これまで不明瞭《ふめいりょう》だった未来が明瞭になっていく気がした。退屈な日常が鮮明に捉えられるようになったり、朧《おぼろ》げな進路が自《おの》ずと見えてきたり——緋奈さんが、俺を変えていく。

「でもしゅうくんはまだ高校一年生。進路を具体的に定めるのはこれからもっと色んな経験を重ねてからでもいいと思うよ」

「はい。でも、勉強は引き続き頑張ります」

「あはは。やっぱり真面目だね、しゅうくんは。分からない所があったら遠慮なく私に聞いてね。なんでも答えてあげる」

「流石は成績上位者」

よろしくお願いします、と頭を下げれば、緋奈さんは「喜んで」とくすくすと笑った。

「しゅうくんがこれからどんな大人になっていくのか、ずっと隣で見守り続けたいな」

「緋奈さんに見守り続けてもらえるなら何でもできそうです」

ぽつりと零《こぼ》れた懇願。それに苦笑交じりに頷《うなず》けば、緋奈さんはわずかに目を見開いたあと、ゆったりと紺碧の瞳を愛《いと》しげに細めて、誓いにも似た約束を交わしてくれた。

「――。……ふふ。じゃあ私がしゅうくんを見守り続けてあげる。ずっとね」

「ふぉぉぉぉ！　カワウソだぁぁぁ！」

「あはは。すごく興奮してる」

鏡の向こう側で動き回るコツメカワウソたちに目を輝かせる俺に、緋奈さんは頬を引きつらせていた。

「しゅうくん。カワウソ好きなんだ？」

「はい！　動物の中で一番好きです！」

「わぁ。今までで一番いい返事ぃ。……まぁ分からなくもないけど、そんな嬉々《きき》とした表情で答えられるのは意外だったわ」

「だってめちゃくちゃ可愛《かわい》くないですか⁉　鳴き声も可愛いしエサを食べる姿も可愛いんですよ」

「さっきまであれほど魚の生態について饒舌《じょうぜつ》に語っていたのに急に語彙力が低下したわね」

緋奈さんは飼育ケージに視線を移すと「たしかに可愛いけどそんなに興奮するほどかしら」と小首を傾げた。むぅ、なぜこの子たちの国宝級の可愛さが伝わってないんだ。

「あ。一匹こっちに来たわね」

「おぉ。どうやらこっちに興味示したみたいですね」

キュキュ、と鳴きながら寄ってきたカワウソに手を振れば、その手を追うように顔を振るカワウソ。なんだこの可愛い反応は。胸がめちゃくちゃ締め付けられるっ。

「くあぁぁぁぁ。撫《な》でてぇぇぇぇぇぇぇぇ」

「くっ。しゅうくんにこんな顔させるなんて⁉」

隣では緋奈さんが悔しそうに歯を食いしばっているが、俺はこちらに好奇心を示すカワウソに夢中で気付かなかった。

そんな俺の気をどうにかして引きたいのか、緋奈さんがぽつりと呟《つぶや》いた。

「……カワウソって、たしか獰猛《どうもう》なのよね」

「ええ。懐《なつ》くまで大変らしいですね。よく手も噛《か》むみたいです。基本は甘噛みらしいけど」

「私は噛まないわよ！」

「何に張り合ってるんですか」

「だってしゅうくんがカワウソばかり贔屓《ひいき》するんだもんっ！」

「どっちも可愛いでいいじゃないですか」

「いや私の方が可愛いわ」

「大人気ないなぁ」

カワウソに対抗心燃やしだしたなこの人。気を遣ったというのに一歩も引く気はない緋奈さんに嘆息しつつ、俺はまた一歩距離を詰めてくれたカワウソに頬を垂らす。

「この子しゅうくんに懐《なつ》いてる⁉」

「人懐っこい子なんでしょうかね？　なんにせよ可愛いに変わりないです」

とガラス越しに一匹のカワウソと戯《たわむ》れていると、

「嘘《うそ》⁉　もう一匹まで寄ってきたわよ⁉」

「この子が何やってるか気になったのかな？」

「それもあるけど二匹ともしゅうくんを見てるわ⁉　まさか二匹ともメス⁉」

「ええ。この子たちは二匹ともメスですね」

「メスなの⁉　それじゃあ、つまりこの二匹はメスとしてしゅうくんに本能的に惹《ひ》かれて
……っ⁉」

「そんな訳ないでしょ。人間とカワウソですよ」

「誰かを好きになるのに種族なんて関係ないわっ」

緋奈さんは心底悔しそうに指を噛んでいた。俺が真に惹かれているのは今カワウソに嫉妬しているアナタなのになぁ。

そんな俺の愛慕も知らず、緋奈さんは浮気《うわき》した男でも射殺すような視線を向けてきた。

「うう。まさか人だけじゃなくカワウソにまで好かれるなんて、罪な男ねキミは！」

「なんか要らぬ誤解されてる。というか、緋奈さんが言うほど俺は人に好かれてませんよ？」

「しゅうくんは私にだけ好かれてればいいのっ」

と言いながら緋奈さんは俺の腕に抱きついてきた。どうやら、カワウソに嫉妬して情緒が不安定になっているみたいだ。

「おわっ」

咄嗟《とっさ》に腕に抱きつかれて驚いたせいで、それまで俺に寄って来てくれていた二匹がびっくりして離れてしまった。

「あぁ。カワウソたちがぁ」

「ごめん。なんか悪いことしちゃった」

本気で悲しむ俺を見て緋奈さんも流石に申し訳なさを覚えたのか、ごめんねと謝ってきた。

俺は短く息を吐くと、

「少し惜しいけど、でもいいです。近くに来てくれたことは嬉しいけど、ああして二匹でじゃれ合ってる姿を見るのも楽しいですし」

「カワウソに対する愛が爆発してるわ」

遠くでお互いを甘噛みし合うカワウソたちに微笑みを向ける。そんな俺を見て、緋奈さんは不服そうな顔を引っ込めると一緒に微笑んでくれて。

「もうちょっと見てたいですけど、そろそろ行きましょうか」

「うん。水族館にいるのはカワウソだけじゃないしね。ペンギンも見に行こうよ」

「いいですね。早速行きましょうか」

緋奈さんの言う通り、此処《ここ》にはカワウソだけじゃなく他にもたくさん愛嬌《あいきょう》のある動物たちがいる。

名残惜しいがカワウソコーナーから去ることを決め、そして次なる目的地を決めて向かおうとする。……が、

「しゅうくん？」

「あの、緋奈さん。いったいいつまでこうしてるおつもりで？」

中々歩き出さない俺に眉尻を下げる緋奈さん。さらりと前髪を垂らしながら小首を傾げる彼女に、俺は左腕に絡《から》みついてくる両腕に視線を落としながら訊《たず》ねた。

頬を引きつらせる俺に、緋奈さんはふふっと怪しげに唇を緩めると、

「ペンギンがいる場所に着くまでだよ」

「……本当に？」

「うん。着いたら一旦離してあげる」

「一旦ってことはまた抱きつく気じゃないですか」

「もちろん。だって今日はデートだもん」

「だもんて」

これは流石《さすが》に刺激的では？　と苦悶《くもん》する俺に、緋奈さんは「それとも」と継ぐ声音をふんだんに弾ませて、

「恋人繋《つな》ぎにする？」

「……このままで、お願いします」

からかうように問いかけられて、俺はぶんぶんと勢いよく首を横に振った。

たぶん、恋人繋ぎなんてしてしまったらこの感情に歯止めが利《き》かなくなる。そうでなくとも既にこの状況に心臓が爆発してしまいそうなのに。

「ふふ。どっちもしゅうくんにとっては刺激的な提案だったかな？」

「分かっててやってるでしょ、絶対」

「うん」

「頷くのかよ」

本当に小悪魔だ。

空いている片方の手で茹《ゆ》だった蛸《たこ》より真っ赤になる顔を隠す俺に、緋奈《あかな》さんはご満悦げにくすくすと微笑《ほほえ》んで、

「カワウソなんかより私と一緒にいるほうが、ずっとドキドキするでしょ？」

「――当たり前ですよ」

嫉妬から生まれた緋奈さんの可愛い意趣《いしゅ》返しに、俺は悶絶《もんぜつ》せずにはいられなかった。


――　3　――


「ねぇねぇしゅうくん。せっかくイルカショー観《み》るのに、前列席じゃなくていいの？」

イルカショーが始まる少し前、後列席に腰を下ろした緋奈さんが俺の服を引っ張りながらそう訊ねてきた。

そんな彼女に俺はステージに入場し始めるイルカとキャストに目を配りながら答える。

「はい。座席が後ろの方が全体的にショーの様子とか観れますし、それに水飛沫《みずしぶき》もあまり飛んでこないので。まぁ、水槽パネルの高さ的に前でも問題なさそうですけど、どうしましょうか。今からでも前の席に移動しますか？」

「ううん。しゅうくんがこっちの方が観やすいっていうならそれが正しいんだよね。それ

に替えの服も持ってきてないから大人しく後列席《こ こ》にします」

「分かりました。あ、一応念の為《ため》、ミニタオル持ってきたので使ってください」

「わぁ。しゅうくんは気が利《き》くねぇ」

ありがとう、と淡い笑みを浮かべた緋奈さんは、渡したミニタオルを受け取って膝の上に乗せた。

防水対策としては心許《こころもと》ないが、座席もなるべく後ろの方を取ったしまぁ濡《ぬ》れることはないだろうと判断して意識を切り替える。

そうして二人で短い会話を重ねていると、会場にポップなミュージックが流れ始めた。

「そろそろ始まりますよ」

「楽しみだねっ」

「ふふ。ですね」

子どものようにはしゃぐ緋奈さんを見届けて、俺は薄く微笑みを浮かべる。今日の緋奈さんは終始上機嫌で、俺もそんな彼女の表情にほっと胸を撫《な》でおろす。

感慨に耽《ふけ》るのもつかの間、キャストのお姉さんが観客である俺たちに向かって挨拶を始めた。

「皆さんこんにちはー」

「「こんにちはー！」」

休日は家族連れも多く、お姉さんの挨拶に観覧席の子どもたちが元気に返事していた。

その微笑ましい光景を開幕の合図として、遂《つい》にイルカショーが始まった。

『ピィ、ピィ、ピィイン！』

四頭のイルカたちが、お姉さんたちの挨拶に呼応するようにくるくると回る。

序盤はお姉さんたちがイルカの泳ぎ方や生態について説明しながら、イルカたちは水中を好きに泳いだり尾ビレを使って器用に水上に立ったりしていた。

「あっはは。見てよしゅうくん。イルカ可愛《かわい》いよ！」

「……ですね」

緋奈さんはイルカに、俺はそんな緋奈さんを見つめながら呟く。

こんなに間近ではしゃぐ緋奈さんを見るのは初めてだ。

学校で見る彼女はいつも凛々《りり》しく、笑う時もこんな風に破顔はしない。淑《しと》やかに、蕾《つぼみ》がひっそりと花開くように彼女は微笑を浮かべる。

容姿や佇《たたず》まいが常人とは逸脱している彼女も、こうして無邪気に何かを楽しんでいる姿は他の人と何ら変わらなかった。今、俺の隣に座っている彼女は、目の前のイルカショーを心の底から楽しんでいるごく普通の女の子なんだと、満面の笑みを咲かせる顔を見てそう強く実感させられる。

これがいわゆるギャップ萌《も》えなのだろうか、と思案している間にも、ショーはますます盛り上がりを見せる。

「うわっ！　すごーい！　あんなに高く跳べるんだ⁉」

「あれはまだ序の口ですよ」

「そうなの⁉」

「ええ。イルカのジャンプ力って、体重には関係なくて水面でどれだけ勢いをつけられるかでその高さが決まるんです」

「ふむふむ」

二頭のイルカが背面ジャンプを決めるのを眺めながら説明すると、緋奈さんはそんなイルカたちに視線を注ぎながらこくこくと頷《うなず》いた。

「端的にいえば、人間でいう所の助走が大事ってことですね。水中での助走の勢いがあるほど、イルカは空中に高く跳ぶことができるんです。水族館で飼育されているイルカのジャンプ力は水槽の関係でだいたい五～七メートルって感じですけど、壁がない海じゃ十メートル以上ジャンプできるらしいですよ」

「……イルカ博士」

ぼそりと呟《つぶや》く緋奈さんに、俺は苦笑しながら首を横に振る。

「まさか。ただネットの知識を拾っただけです」

「それでもイルカの動きに合わせて説明できるなんてすごいよ。しかもキャストの人たちの説明に補足するような絶妙なタイミングで入れてくるんだから」

脱帽したような眼差《まなざ》しを向けられ、俺は照れ隠しに苦笑いして頬をぽりぽり掻《か》く。

どれもこれも、緋奈さんに水族館という素敵な場所を楽しんでもらいたいという想《おも》いから得た知識だ。せいぜい素人《しろうと》に毛が生えた程度の知識。まだまだ浅薄《せんぱく》であるそれらを、それでも彼女が喜んでくれるなら覚えた甲斐《かい》があったと、向けられる微笑みがそう思わせてくれて。

「ほら、そろそろイルカの大ジャンプやりますよ。見逃していいんですか？」

「絶対に見るわ！」

「ふふ。ならちゃんと前見ないと」

胸に際限なく湧き上がる感情。それを隠すために緋奈さんの意識をイルカへ戻す。

お姉さんの合図で、イルカが水槽を大きく旋回。大ジャンプの為の助走に入る。

緋奈さんはそれに息を呑み、瞳いっぱいに好奇心と興奮を宿してそれを見つめていた。

俺はこの胸を満たす温《ぬく》もりを、彼女への溢《あふ》れて止《や》まない恋慕を伝えるように、そっと左手を大ジャンプに挑むイルカに夢中の彼女の右手に乗せた。

「もうそろそろかなっ？」

「もうすぐですよ」

——気付かなくていい。俺を意識しなくていい。でも、少しだけ。ほんの少しでいいから、アナタに触れさせてほしい。

水飛沫が上がる。

歓声が会場に沸く。

隣でこの一瞬を心の底から楽しんでいる彼女が目を大きく見開いて驚く。

俺の愛《いと》しい恋人の視線を釘付《くぎづ》けにさせたイルカは、空中高く、天を舞うようにジャンプ。

『お前のカノジョ、超可愛いな』

『だろ』

くるくると宙を舞うイルカにそんなことを言われたような気がして、俺はすこし誇らしげに口角を上げたのだった——。


—— 4 ——

「あー。今日はすっごく楽しかったなー！」

「緋奈さんが満足してくれてよかったです。俺も楽しかったな」

舞台はデート場所である水族館から既に遠く離れて、緋奈さんが住むマンション付近の道路へ。

「イルカショー観たのも小学生以来だな。ペンギンも可愛かったぁ」

「そもそも水族館に行くことが珍しいですもんね。近場だと気軽に足運べるけど」

「今度はまた別の水族館に行こっか」

「緋奈さんとならどこへでも」

「言質《げんち》取ったからね」

にしし、と白い歯を魅せる緋奈さんに俺はこくりと頷く。

「あーあ。もっとしゅうくんと一緒にいたいなー」

夕ご飯でも食べてく？　と誘う緋奈さんに、俺はふるふると首を横に振った。

「すいません。母親に夕飯は家で食べると言ってしまったので」

約束破ったら怒られます、と苦笑交じりに言えば、緋奈さんは「そっか」と残念そうに視線を落とした。

「今はまだ。でも、いつか夕飯をご馳走《ちそう》してください」

男がこんなこと言うのは情けないと思ったが、緋奈さんは俺のお願いに嬉《うれ》しそうに微笑みを浮かべた。

「うん。いつか私がしゅうくんに夕飯を振舞ってあげる。その時は腕によりをかけて作るね」

「楽しみです」

「私もだよ」

微笑《ほほえ》みを交わし合うと、段々と今日の終わりが近づいてくる気配を感じて。

「あ、そうだ。別れる前に渡しておかないと」

「？」

別れを惜しむ感傷が忘れていたその存在を思い出させて、俺は鞄《かばん》の中に大切に仕舞っていたそれを取り出した。

「緋奈さん。手、出してください」

「う、うん」

ぎこちなく頷いた緋奈《あかな》さんが俺の言う通りに手を差し出した。俺は一つ深い息を吐くと、覚悟を決めて——

「今日のお礼です。受け取ってください」

「――これって」

緊張で早鐘を打つ心臓に急《せ》かされながら、震える手で持つそれが、しゃらん、と音を立てて彼女の手のひらへと渡っていく。そして、俺から渡されたそれを見た瞬間、緋奈さんは小さく驚いた。

言葉を失《な》くしたまま、目を見開く彼女に、俺は顔を赤くしてプレゼントしたものを告げる。

「イルカのストラップです」

ただのイルカのストラップじゃない。俺はポケットから緋奈さんにプレゼントしたものとよく似たストラップを取り出すと、それを彼女に見せて、

「それ、俺のやつと対になってるんです」

「――っ！」

左手に持つ青いイルカのストラップを掲げれば、緋奈さんは紺碧《こんぺき》の瞳を大きく、一際大きく見開いた。

「緋奈さん。イルカショー観《み》た時が一番楽しそうにしてたから。それで、あげたら喜んでくれるかなって……いや、違うな」

「……え？」

「本当は、アナタとの繋《つな》がりが欲しかったんです。ほら、俺たちって休日はこうして一緒にいられますけど、学校だとそうはいかないじゃないですか。まぁ、それも元を辿《たど》れば俺が意気地なしのせいですけど」

本音と苦笑が同時にこぼれ、

「だから、その、会えなくてもこれを見たら今日のことを思い出せるかなって」

「……」

「……やっぱり迷惑でしたかね？」

さっきからずっと、緋奈さんが顔を俯《うつむ》かせているせいでどうしても不安を覚えてしまう。せめて今、彼女がどんな顔をしているのか知りたい。及び腰のまま顔を覗《のぞ》き込もうとした——その、瞬間だった。

「しゅうくんのそういう所、本当に好きだよ」

「うわっ⁉　あ、緋奈さん⁉」

万感の想いを言の葉に乗せながら、俺に抱きついてきた。

咄嗟《とっさ》の出来事に狼狽《ろうばい》する俺に、緋奈さんは胸に抑えきれない想いを吐露するように熱い息をこぼした。

「迷惑なんかじゃないよ。嬉しい。すごく、すごく嬉しい」

「──っ！　そう、ですか。緋奈さんが喜んでくれるなら、贈って正解でした」

「大切にする。一生、大切にするよ」

「一生って、大袈裟《おおげさ》ですよ」

「大袈裟じゃない。それくらい嬉しいの。分かって」

「は、はい」

まさかストラップ一つでこんなに喜んでもらえるとは思わず、俺は照れよりも驚愕《きょうがく》の方が勝ってしまった。

「ごめん。今、しゅうくんに顔見せられない」

もう少しこのままでいさせて、と緋奈さんは俺の胸に顔を埋《うず》めながら懇願してくる。

「必死に抑えようとしてるのに、でもダメ。ニヤニヤが止まらないの」

「あはは。いいですよ。今は奇跡的に人も通ってませんし。緋奈さんが落ち着くまでずっと付き合います。死ぬほど恥ずかしいけど」

「私は死ぬほど嬉しいわ」

緋奈さんは俺をさらに強く抱きしめたあと、埋めた顔から潤んだ瞳だけを覗かせた。

俗《ぞく》に言う上目遣いで見つめてくる緋奈さんは、どこか物足りないとでも言いたげな声音で俺に問いかけた。

「しゅうくんは抱きしめ返してくれないんだ？」

「ごめんなさい。今はまだ、俺たちの関係は曖昧だから。もっとお互いの理解が深まるまで、それまではまだ踏み越えちゃいけない一線だと思ってます」

「でも、学校では抱きしめてくれたよね？」

「あれはっ……緋奈さんが脅してきたからでしょ」

「なら今回も脅せば抱きしめてくれる？」

「今回は答えてほしい質問がないからダメです」

「しゅうくんのケチ」

「どう罵《ののし》ってもらっても結構です。俺はそう簡単に欲望に負けたくないんです」

「むぅ。潔《いさぎよ》く負けちゃえばいいのに」

「負けたら男としての面子《メンツ》丸潰れになるんで我慢してください」

「しょーがない。しゅうくんのプレゼントに免じて、今回は見逃してあげる」

「ありがとうございます」

男なら、ここで彼女を抱きしめ返すべきなのだろう。けれど、俺と緋奈さんはまだ正式な恋人同士ではない。仮という関係性である以上、ある程度の自制はしなければならない。

けれど、やはり葛藤というものは生まれるもので。

『あぁ、めっちゃ抱きしめてぇ』

もうこのまま本当に付き合ってしまいたい。何なら強引にキスもしたい。けれど、それはできない。彼女を抱きしめられないことが、こんなにも窮屈《きゅうくつ》でもどかしいとは。

揺らぐ感情に歯噛《はが》みしているとようやく緋奈さんが離れて、すっきりとした顔を見せた。

その目尻にほんのりと紅《あか》い痕《あと》がみえる。きっと、それは悲しみなどではなく、溢《あふ》れ出した喜びの残滓《ざんし》なのだろうと俺は思いたかった。

「はぁ。ありがとうしゅうくん。これ大切にするね」

「こちらこそ。今日のデート。最高に楽しかったです」

今日の思い出と共に、とピンクのイルカを掲げながら微笑む緋奈さんに俺も青いイルカを掲げながら微笑む。

「それじゃあ、俺はそろそろ」

「あ、待って」

「――？」

踵《きびす》を返そうとした時、緋奈さんに呼び止められた。

「実は私からもしゅうくんにあげたいものがあるの」

「えっ。緋奈さんもですか？」

まさか緋奈さんも俺に何か用意してくれていたとは思いもよらず、驚きと困惑が同時に顔に浮かび上がった。

「ちょっと近くに寄ってくれる？」

「？　はい」

眉根を寄せながらも緋奈さんの指示通りに一歩距離を詰めた——その、瞬間だった。

「——ちゅ」

「——っ！」

不意に、頰に柔らかな感触が伝わった。虚を突かれたように目を見開く俺に、一秒にも満たないそれを贈った緋奈さんは紺碧の双眸《そうぼう》に愛慕を宿し、口許《くちもと》はご満悦げな三日月を描いて、

「唇は正式に付き合ってから。だけど、ほっぺはダメなんて一言も言ってないでしょ？」

「〜〜〜っ！」

俺は、その言葉でようやく緋奈さんにされたことを理解した。

俺いま、緋奈さんにキスされたんだ！

「このキスはプレゼントへの感謝と今日一日私を楽しませてくれたお礼」

凝然としたままの俺に、緋奈さんは慈愛を宿した紺碧の双眸を細め、

「私も、今日は最高のデートだったよ。しゅうくん」

こうして、最後に特大のサプライズを緋奈さんから贈られながら、水族館デートは幕を閉じたのだった。

第5章【中間テストとキスマーク】

――1――


休日明け。

久しぶりに緋奈さんと学校で昼食を共にすることになったのだが。

「むぅ」

「…………」

食事も終わり、昼休み終了まではまだ余裕のある時間の中で、俺は緋奈さんに睨《にら》まれていた。

「えいっ！」

「あっ。それはずるいです！」

痺《しび》れを切らした緋奈さんが不意を突いて一気に距離を詰めてくると、そのまま俺の顔を押さえて強制的に振り向かせた。

慌てふためく俺に、緋奈《あかな》さんは焼いた餅のように頬をぷくぅ、と膨らませながら、

「ずるくない！　さっきからずっと私と目を合わせようとしないしゅうくんが悪いのよ！」

「べつに逸《そ》らしてませんけど？」

「そう言いながら逸らすの止《や》めなさいっ」

「イテテ！　もうこれ以上首回らないです⁉」

視線を外せば顔ごと無理矢理動かされて、強制的に視線を合わせられる。それでも抵抗するように視線を逸らす俺に、緋奈さんは不服とさらに頬を膨らませた。

「最近は普通に顔見て話してくれるようになったのになんでまた元に戻っちゃったのよ？」

「……あんなことがあって直視なんてできると思いますか？」

これは答えないと永遠にこの無意味な攻防が続くなと悟って吐露すれば、緋奈さんは

「あんなこと？」と首を捻《ひね》った。

俺はなんでもう忘れてるんだよ、とため息を落とし、

「……一昨日《おととい》。デートの最後」

「一昨日。デートの最後」

具体的なことは言わずにそんな単語《キーワード》を並べれば、緋奈さんはそれを復唱して目を瞬《しばたた》かせた。

そして俺が口にするそれをようやく思い出したように目を見開くと、ニヤァ、と口許を歪《ゆが》ませて、

「あは。意識しちゃったんだ？」

「むしろあんなことされて意識しない方が無理です」

ほんと勘弁してください、と白旗を挙げるも緋奈さんは許してくれず、

「唇じゃなくてほっぺだよ？」

「ほっぺでもドキドキするものはするんです！」

「じゃあ慣れれば問題ないかな？」

「ここは大人しく手を引いてくれると嬉《うれ》しいんですけど⁉」

「人間何事も慣れが大事よ」

「それはっ、そうですけど。でも、そういうのは大事にしていきたいじゃないですか」

「やだ私より乙女！」

悪かったですね初心《うぶ》で！

そろそろ羞恥心も限界に達して泣き出す三秒前までカウントダウンが迫ると、緋奈さん

は一つ嘆息をこぼしてようやく手を離してくれた。

「しゅうくんの言うことも一理あるわね。やっぱりこういうのはドキドキしながらしたいわ」

「分かってくれて何よりです」

「でも今やったら間違いなくドキドキするよね？」

「ほんと勘弁してくれます⁉」

キスされること自体は嬉しいのだが、唐突だったり不意打ちだったりすると俺もどう反応すべきなのか困ってしまう。

「あまりがっつき過ぎるとしゅうくんに嫌われそうなので今回は我慢します」

「そもそも学校でそういうこと考えるの止めてくださいよ」

「あら。二人きりの時はあのルールは適用されないんでしょ？」

「ルールの穴突こうとしないでください」

ふふ、と悪戯《いたずら》に笑う緋奈さんに肩を落とす俺。ここ最近の彼女はいつになく積極的だ。

それが前回の水族館デートを経てまた増した……というより強引になった気がする。

その分、緋奈さんに好意を抱かれているという自信も持てるようになったのが皮肉な話だが。

「ところでそろそろ中間テストだけど、どう？　調子は」

「悪くないと思います。今週は追い込みって感じですね」

話題は変わり間もなく実施される中間テストの話題へ。

意気込み十分だと伝えれば、緋奈さんは「そう」と薄い微笑《ほほえ》みを浮かべた。

「じゃあ今週末は一緒にテスト勉強しよっか」

「それは有難《ありがた》いですけど、でも迷惑になりませんか？　俺と緋奈さん学年違うから自《おの》ずと出題範囲も違いますよね？」

俺は一学年。緋奈さんは二学年。つまり必然と俺たちの間にはざっと一年分の学習範囲の差がある。

その懸念《けねん》を伝えれば緋奈さんはピースサインを作って、

「中間テスト如《ごと》き楽勝よ。そもそも、すでに一年先の予習は済んでるしね」

「なんですかそのチートみたいな能力は」

天才はちげぇや、と脱帽していると、緋奈さんは「存分に崇《あが》めてちょうだい」と豊満な胸を張って鼻息を吐く。……しかしまぁ、なんて可愛《かわい》いドヤ顔だ。

こういう冗談も言う人なんだな、とまた緋奈さんの新たな一面を知りつつ、俺は彼女との会話を続ける。

「それに他の人たちと違って順位に拘《こだわ》ってる訳でもないから。10位以内に入れば問題ないわ」

「いつもはどれくらいなんですか？」

「だいたい5位以内かしら。べつにトップになりたい訳でもないから、いつも途中で問題解くのに飽きて適当に解答しちゃうのよね」

「じゃあ本気で挑めば万年1位もあり得るってことですか？」

「うーん。たぶん？」

この人本当に頭いいんだな。もはや尊敬レベルである。いや、ずっと尊敬はしているんだけど。

「だからしゅうくんは余計な心配せず、自分の勉強に集中しなさい」

順位上げたいんでしょ？　と問われて、俺はこくりと頷《うなず》く。

「はい。最善を尽くして、できる限り上の順位獲《と》りたいです！」

「うん。そうと決まれば週末は勉強合宿ね。お姉さんがちゃんと教えて……」

「緋奈さん？」

とん、と自分の胸を叩《たた》いて気合の入った鼻息を吐いたあと、緋奈さんが突然硬直した。

どうしたのかと眉尻を下げると、緋奈さんの顔がみるみるうちに蒼白《そうはく》と化していき、そして沈んだ顔でぽつりと呟《つぶや》いた。

「真雪《まゆ》の勉強も見てあげないといけないの、思い出したわ」

「……あー」

緋奈さんが死んだ目をした理由が分かって、俺はその気まずさに思わず視線を逸らした。

真雪、とはつまり、我が実姉である。そんな実姉の学力は高いか低いかと聞かれたら、若干低い方に傾くレベルだった。

「そういえば、テスト期間になると緋奈さんよく家《うち》に来てましたね」

「毎回真雪に勉強教えて！　って泣きつかれるからね」

「うちの姉が本当に迷惑ばかり掛けてすいません！」

全力で頭を下げると、緋奈さんは「いいのよ」と苦笑しながら首を横に振った。

「というわけで今週からしゅうくんのお家にお邪魔することになるかもしれないわ」

「全くあの姉は。俺も人のこと言えないけど」

「しゅうくんは自主的に勉強してるでしょ」

「じゃあ戦犯は姉ちゃんだけか」

「あはは。カレシくんの方も学力は平均的で教えるのは向いてないみたいだから仕方ないよ」

緋奈さん曰《いわ》く、カレシの方も感覚で問題を解く性格《タイプ》らしい。なぜそこまで姉と気が合うんだ。

俺の方からも姉に勉強するよう叱っておこうと思案していると、ふと緋奈さんが嬉しそうに口許《くちもと》を綻ばせているのに気が付いた。

「ふふ。でも、そっか。今週はしゅうくんと長く一緒にいられるんだ」

「――っ」

嬉しい、と呟く緋奈さんに、心臓がドクンと跳ね上がる。

「……ですね。でも、俺の家だとあまり話せそうにありませんけど」

「あはは。たしかにそうだね。それだけがちょっと不満かな」

「俺もです」

やっぱり大して変わらなそう、とお互いに不満と苦笑を交える。それでも、緋奈さんと共にいられる時間が少しでも増えるのは嬉しくて。

「週末。勉強が終わったら一緒にケーキ食べましょう。緋奈さんの好きなケーキ買って来ますから」

「やった。ふふ、それなら今週頑張れそう」

「俺もです」

来週に迫る中間テスト。いつもなら気怠《けだる》いそれが、今回は自信満々に迎えられそうだった。

――　2　――


「お邪魔します」

「いらっさー」

緋奈さんが予想していた通り、今週は我が家を使って勉強会（主に姉の赤点回避を目的にした）が開かれた。

俺と緋奈さんの関係は家族にも秘密にしている。故に家の中でばったりすれ違っても、

「あ。言い忘れてた。今週から藍李《あいり》が家に来るからね」

「いつものことだろ。緋奈先輩に迷惑掛けるなよ」

「弟のくせに生意気だぞー！　……実際迷惑掛けてるからあまり反論できないけど」

「あはは」

「…………」

呼び方も二人で決めた通りに、会話もせず会釈《えしゃく》する程度で終わる。

「…………」

近くにいるのに話せない。会えない。そんなもどかしい日々を過ごしながらも、来週に控える中間テストの為《ため》に勉強に集中しなければいけない。

「んー。一旦休憩しよ」

キリの良いところでシャーペンを置いて、俺はぐっと背筋を伸ばす。姉ちゃんの勉強は順調かね、とそんなことを思案していると、不意に扉がノックされた。

「姉ちゃんか？」

母と父は仕事でまだ帰ってきてないはずなので、必然と扉をノックした人物に見当がつく。

「はいはい。俺に何かよ──うおっ⁉」

「──」

気怠げに扉を開けた瞬間。俺に向かって飛び込んでくるように部屋に入ってきた黒い影に目を剝《む》いた。

黒い影はそのまま、慌てふためく俺をベッドまで押し込んで倒した。

咄嗟《とっさ》の出来事に狼狽《ろうばい》する俺の頬に、はらりとしなやかな黒い髪が垂れた。何度も嗅いだことのある甘い香りに、心臓がぎゅっと鷲摑《わしづか》まれる。

反射的に閉じた瞼《まぶた》。それをゆっくりと開けていく。

そうして開かれた黒瞳《こくどう》が映したのは、艶《つや》やかな白頬に朱《あか》みの差した、年下の男子を見下ろす女性だった。

「緋奈《あかな》さん⁉」

「――――」

唐突に部屋に侵入。さらには俺をベッドに押し倒した女性の名前を叫べば、潤《うる》む紺碧《こんぺき》の瞳が何かを訴えるように俺をジッと見つめてくる。

「……やっぱり無理だよ」

「――え」

唖然《あぜん》とする俺の手を握りながら、緋奈さんが唇を震わせた。

「しゅうくんがこんなにも近くにいるのに、なのに話せないなんて耐えられない」

「――――」

苦鳴にも似た弱音をこぼす緋奈さんに、俺は二の句が継げず視線を泳がせる。

「……あの、姉ちゃんは？」

「真雪は今コンビニに行った。だから、しばらく帰ってこないよ」

「だから俺の部屋に来たんですね」

「リビングにいるかと思ったけどいなかったから。靴もあったし、それなら部屋にいると思って」

「それでこうして訪ねてきたと」

「厳密には押し倒しちゃってるけどね」

どうやら余程俺と話せないことと会えなかったことがストレスだったようだ。そして、今まさにそのストレスが爆発してしまった感じである。

そこまで俺のことを思ってくれていることが嬉《うれ》しくて、無粋《ぶすい》だとは思いながらもついニヤけてしまった。

「俺に会えなかったの、寂しかったですか？」

「聞く？　そんな分かり切ってること」

「教えて欲しいです」

少し調子に乗り過ぎたか、とも思ったけれど、緋奈さんはその問いかけに淡い笑みを浮かべながら答えてくれた。

「会いたくてどうにかなりそうだった」

「はは。緋奈さんにそこまで求められるとは思わなかったな」

「私はしゅうくんが思ってる以上にしゅうくんを求めてるよ」

握られる手がそれを如実《にょじつ》に物語っている。絡《から》み合わせた五指が、離れたくないと切望するかのように隙間なく固く、強く握られている。

「真雪が帰ってくるまで、それまではこうしてていいよね？」

「まぁ、姉ちゃんが帰ってくるまでなら」

「しゅうくんは相変わらず優しいね」

「お、俺も、緋奈さんと同じ気持ちですから。もっと、一緒にいたいです」

「あは。可愛《かわい》い」

「男に可愛さ求めないでください」

拗《す》ねた風に口を尖《とが》らせると、緋奈さんは反省した様子もなく「ごめんね」と謝った。

今は家に俺たち以外誰もいないことは分かっている。こうして緋奈さんが強行突破してきたのが何よりの証拠だ。仮に母か父のどちらかがいれば緋奈さんは姉ちゃんの部屋で大人しく勉強していただろう。

家に今いるのが俺と緋奈さんだけなら、恋人として少しくらいイチャついても問題ないだろう。仮だけど。

「勉強の邪魔しちゃったかな？」

「……みたいですね」

「いえ。ちょうど一区切りつけたところでした」

「ちゃんと勉強してたんだ。偉いね」

「正直に言えば、ずっと悶々《もんもん》としてましたよ。緋奈さんの声が壁越しに聞こえてくるたびに、姉ちゃんずる、って思ってました」

「ふふ。お姉ちゃんにも嫉妬しちゃったんだ？」

「……ガキで悪かったですね」

「いいよ。そういう子どもっぽい所も、私は好きだから」

「――っ」

この人に好きって言われるたびに、心臓がドクンと跳ね上がってしまう。

あぁもう、ずっとこうしてたい。緋奈さんを独り占めしたい。姉ちゃんずりぃ。会おうと思えばすぐ会える距離。それなのに会えないもどかしさが、幼稚で滑稽な嫉妬心を生む。

この人が魅せる微笑《ほほえ》みが、その醜悪《しゅうあく》な感情を余計に刺激するから尚質《なおたち》が悪かった。

「はは。やっぱしんどいですね。週末まで我慢するのは」

「うん。でも少し楽になった」

「あと一日だったんですけどね」

「あはは。フライングしちゃった」

堪《こら》え性《しょう》ないや、と苦笑を浮かべる緋奈さん。

それを言ってしまえば俺だって同じだ。こうして、緋奈さんの顔を間近に見れて安堵《あんど》している自分がいるのだから。

「でも、押し倒すのはちょっと強引過ぎでは？」

「勢い余っただけだよ。本当は抱きしめようとしただけだもん」

「じゃあ離れてください」

「嫌よ。こうしてしゅうくんを見下ろすの、とっても背徳感があるんだもの」

「……ケダモノですね」

「否定はできないかな」

「そこは否定してくださいよ」

辟易《へきえき》とした風に嘆息をこぼせば、緋奈さんはころころと鈴を鳴らすように笑った。

「まだしゅうくんと離れたくない。もっと、しゅうくんの体温感じさせてほしいな」

「――っ！」

絡み合って離すことはない五指がまるでその言葉を肯定するようで、俺は思わず生唾を飲み込む。

「……そろそろ姉ちゃんが帰ってくる頃だと思いますよ」

「玄関が開く音が聞こえるまでは平気だよ」

本能的にマズイと緋奈さんから離れようとしたが、怪しげに光る双眸《そうぼう》は決して俺を逃そうとはしなかった。

ぞくりと背筋に走る怖気《おぞけ》。彼女の口から洩《も》れる熱い吐息が頬を当たるたびに、身体《からだ》が言うことを聞かなくなる。

「不思議。しゅうくんの方が男の子だから力が強いはずなのに、でも今は私に押し倒されて、挙句に弄ばれちゃってるね」

「――っ！」

「唇じゃなかったら、べつにどこにキスしたっていいんだよね？」

「俺たちはまだ健全なお付き合いのはずでは⁉」

目を白黒させる俺に、緋奈さんはくすっと笑いながら言った。

「しゅうくん勘違いしてる。私、全然純粋なんかじゃないよ。好きな人を押し倒してる時点で、それは分かってたよね？」

「――っ⁉」

「それに、しゅうくんの心臓もすごく早鐘を打ってるよ、パーカー越しなのに判《わか》るくらい。」

……ほんとは期待、してるんじゃないの？」

「そ、それは……」

「私はしてほしいな、期待」

「――っ⁉」

く、食われる⁉

怪しげに光る双眸が獲物を見つけた狩人《かりゅうど》のそれで、ぺろりと舌舐《したな》めずりする。緋奈さんが熱い息を吐きながらジリジリと顔を近づけてくる。

反射的にぎゅっと瞼を閉じる。柔らかな唇が唇に軽く触れ――

「――たっだいまー！」

ようとしたその刹那、下から大きな声が二階まで届くほど家中に響き渡った。

姉ちゃんが帰って来たのだと瞬時に察し、強く瞑《つぶ》った瞼を開けると既に顔を上げていた緋奈さんが悔しそうな顔をしていて。

「残念。あともうちょっとでしゅうくんの首にキスマーク残せたのに」

「――っ！」

やはり口づけする気満々だったようで、緋奈さんは硬直する俺に微笑みかけた。

「真雪《まゆ》が帰って来たからすぐに部屋に戻らないと。私たちの関係がバレちゃう前にね」

べつにバレてもいいんだけど、と小悪魔のような笑みを浮かべながら言った。

「……刺激が強すぎます」

「これが一週間鬱憤《うっぷん》が溜《た》まり続けた私の恐ろしさだよ」

分かったら今後は適度にストレス発散させてね、と付け加えながら立ち上がった緋奈さん。それからドアノブに手を掛け、そのまま部屋を出ていく。姉ちゃんの部屋に戻る直前、ひょこっと扉と壁の隙間から顔だけ覗《のぞ》かせた緋奈さんが、茫然《ぼうぜん》とする俺にこう告げた。

「中間テスト。頑張ったらさっきの続きしてあげるから、楽しみにしてて」

「――は？」

それだけ言い残して足早に去っていく緋奈さんに、脳の処理が追い付いていない俺は「またね」も言えぬままただ茫然《ぼうぜん》として。

「……テスト。死ぬほど頑張ろ」

ようやく理解が追い付いた頃。真っ赤になった顔のまま天井を仰いで、俺はそんな決意を胸に刻んだのだった。

―― 3 ――

――二週間後。

中間テストが終わり、成績も発表されたことで俺たち学生にはまた穏やかな日々が戻ってきた。

そして週末。緋奈《あかな》さんの自宅にて。

「あれ？　今日は随分と豪勢じゃありません？」

「うん。今日は頑張ったしゅうくんにご褒美《ほうび》あげる日にしようと思って」

「くぅぅ！　頑張った甲斐《かい》があります！　……ん？　でも結果はまだ言ってませんよね？」

「先週にはもう答案用紙は全部返って来て、点数も分かってたでしょ。その時にしゅうくんすごく手応えありそうな顔してたから」

「それで良い結果を出したと推測できたと」

「まぁどんな結果にせよしゅうくんが努力してたのは事実だから、今日は腕によりをかけるって決めてたんだ」

「ありがとうございます」

緋奈さんと一緒にいられるだけで俺にとっては十分ご褒美なのだが、こうして直接労《いたわ》ってもらえるのは努力した甲斐があったと胸にじーんと感慨を覚えた。

「んんっ！　このキスの天ぷらすごく美味《おい》しいです！」

「今日スーパーに買い出しに行った時に特売で売ってたんだよね。身がふっくらしてて柔らかいでしょ」

「衣のサクサク感と身の柔らかさが絶妙です。ちらし寿司《ずし》もうめぇ」

「ふふ。ゆっくり噛《か》んで、味わって食べてね」

「はいぃ」

二人で和気藹々《わきあいあい》とした昼食を満喫した後、本日のデザート用に買ってきたプリンも美味しく頂けば、残りの時間は緋奈さんとソファーでまったりとした時間を過ごす。

「それで？　今回は何位だったの？」

興奮と好奇。そこにわずかな緊張を加えた声音で促してきた緋奈さんに、俺は持ってきた成績表を鞄《かばん》から取り出して渡した。

「29位でした」

「おお！　想像以上の順位だね！」

「ですよね！　俺も今回は70位上回ればいいと思ったんですけど、まさかこれほど高いとは思いませんでした！」

「ということは一学年の通路に貼られる横断幕にしゅうくんの名前が載《の》るわね」

「成績上位者だけが載る横断幕でしたっけ？」

　俺たちの高校では各テスト期間の成績が出揃《でそろ》うと、各学年の通路に横断幕が貼られる。ただしそこに記載されるのは成績上位者50名のみ。今回29位だった俺は、そこに記載されるのが確定しているというわけだ。

「そうだよ。高校入学後、最初のこのテストで載ると同学年の生徒からも教師からも注目されるから、それを知ってる生徒たちは今回のテストけっこう頑張るんだよね。その中で29位は快挙だよ」

「人生でこんな高い順位獲《と》ったの初めてです！」

　舞い上がらずにはいられない俺を、緋奈さんは母親のような慈悲深い笑みを浮かべながら眺めていた。

「でも、これで満足する気はないです。次の期末は10位以内獲るつもりなので」

「わぁ。すごいやる気。でも無茶はダメだよ？」

「大丈夫です。今からコツコツやるので」

進路も概《おおむ》ね決まってますし、と言えば、緋奈さんは「そっか」と双眸《そうぼう》を細めて、

「しゅうくんは眩《まぶ》しいくらい真《ま》っ直《す》ぐだね」

「俺がこんな風に頑張れるのも目標を見つけられたのも、緋奈さんのおかげです」

彼女の微笑みに応えるように感謝を伝えると、向けられるその微笑みが一層深くなる。

この人が俺を変えてくれた。変わるきっかけをくれた。だから、俺は前に進める。

「進む道の先にアナタがいるから、俺は迷わず前に進めるんです」

「――――」

ゆっくりと伸びた手が、緋奈さんの頰に触れる。そっと、まるで雛鳥《ひなどり》を慈《いつく》しむように。

これまでは緋奈さんに触れることに抵抗があった。でも、今は少しだけ、この結果が彼女に触れる勇気をもたらしてくれて。

「触っていいですか？」

今更だとは承知の上で訊《たず》ねれば、緋奈さんは嬉《うれ》しそうに口許《くちもと》を綻ばせてくれて。

「うん」

短く頷《うなず》いてくれた。

白く、少し冷たい頰に添える手に、彼女が温《ぬく》もりを享受《きょうじゅ》するように自分の手を重ねた。

「嬉しいな。しゅうくんから触ってきてくれるなんて」

「今までは、緋奈さんに相応《ふさわ》しくない男だと思ってたから。でも、今回のテストで、ちょっと自信がついたので」

「なら満足するまで触っていいよ。そうでなくとも私はしゅうくんにもっと触って欲しいんだけどね」

「あはは。でもやっぱり緋奈さんに触るのは緊張します」

悪戯《いたずら》顔から舌先をちろっと覗かせる緋奈さんに俺は微苦笑を浮かべる。

それからわずかな時間、彼女の頬を堪能《たんのう》する。

柔らかな肌の感触。触れる手の温もりに、少しずつ心音が上がっていく。

「もういいの？」

「……はい」

「そっか。もっと触っててほしかったな」

これ以上は心臓が保《も》たないと察しておもむろに手を離せば、緋奈さんが残念そうに視線を落とした。

しかし、その後にくすりと口角が上がると、

「じゃあ、次は私の番だね」

「――っ！」

いつかの日のように、怪しく光った双眸《そうぼう》が俺を押し倒した。

予備動作なしに押し倒されて目を剝《む》く俺に、緋奈さんは妖艶《えんび》な微笑《ほほえ》みを浮かべてこう問いかけてきた。

「前に約束したこと、覚えてるよね？」

「な、何のことですかね」

「ええ？　頑張ったらこの続きやろうねって約束したでしょ？」

片方の手は俺を拘束するように五指を余すことなく絡《から》みつかせてくる。もう片方の手は艶《あで》やかに伸びて、そして俺の胸の中心部、心臓の上でピタリと止まった。

逸《はや》る心音を、指先で感じ取られている気がした。

「しゅうくんはその為《ため》に頑張ってたんじゃないんだ？」

「……ちょっとだけ。ちょっとだけですけど、期待は、してました」

「ふふ。素直でよろしい」

正直今の今まで忘れてたけど、思い出した瞬間ぶわっと顔が赤くなった。

それは緋奈さんが姉ちゃんの赤点回避の為に家を訪れた時のこと。我慢が限界を超えた緋奈さんが俺の部屋に突然入って来て、そのまま部屋にいた俺をベッドに押し倒して、そしてキスマークを残そうとした日。

その続きが今まさに、行われようとしていた。

「頑張ったしゅうくんには、カノジョがちゃぁんとご褒美あげないとね」

「これ、ご褒美になるんですかね？」

「ふふ。それは建前——本音はね、私がただしゅうくんの身体《からだ》に刻み込みたいだけ」

はらりと落ちた前髪の甘い色香に心音がさらに跳ね上がる。見上げる緋奈さんの顔はなんとも恍惚《こうこつ》としていて艶やかで、目の前の青年を今にも堪能しようとする猛獣の顔をしていた。

「ルール５に抵触しなければ、何やってもいいんだよね？」

「これ、見方によっては性行為になるんじゃないですかね？」

「セックスじゃないよ。ただ印を残すだけ。しゅうくんは私のものっていう、情熱的な印をね」

「ま——」

「待ってあげない」

くすりと、妖艶《ようえん》に微笑んだ緋奈さんの顔に背筋に震えが走って制止を呼び掛けるも、わずかに遅く。

「はぁむ」

「くっ⁉」

首筋に温かな吐息が当たる感触と柔らかな肉の感触がほぼ同時に伝わって、俺は堪《たま》らずうめき声をこぼす。

「あか、なっ……緋奈、さんっ！」

「動いちゃだーめ。じっとしてて」

首筋に唇を押し付けられる。それだけじゃない。ざらざらとしながらも滑《なめ》らかな感覚。痺《しび》れる思考の中で分かった。これは〝舌〟だ。

首を舐《な》められている。味わうように、吟味《ぎんみ》するように、滑らかな舌の感触が首を舐《なぶ》り犯す。

「んぅ……んっ！　んぅぅぅ」

「っ！　くっ、うぁぁ」

「ちゅぅ。んっ……れろっ、れろぉ……ちゅぅぅ」

時折息継ぎの為に緋奈さんが首と唇の隙間から熱い吐息をつく。それが肌に触れる度に、全身を寒気にも似た衝撃がゾクゾクッと走り抜ける。

あの日から、約二週間ほどか。たっぷりと欲望を溜《た》め込んだ猛獣はそれを解放できる悦《よろこ》びに打ち震えていた。

十数秒にも及んだ情熱的な押印《キスマーク》を終えた緋奈さんは、唇の端から垂れる涎《よだれ》をぺろりと舐めずりながら、恍惚《こうこつ》とした表情で俺を見下ろして、

「ちょっとやり過ぎたかな？」

「……ほんと、やり過ぎですよ」

こんな刺激を童貞の俺が耐えられるはずもなく、無事、瀕死《ひんし》と化す。

緋奈さんはというと、二週間分溜め込まれた欲望を解放してすっきりとした顔をしていた。

「わぁ。しゅうくん。痕《あと》つけた所、すっごく真っ赤になってる」

「でしょうねえ！」

「あっはは。ほんと、真っ赤。これじゃあ、数日は消えないなぁ」

「消えないよう強くマーキングしたくせに！」

「うん。消せないように強くマーキングした。これがあれば、他の女はしゅうくんに寄りつかないだろうし、それにしゅうくんも私のこと忘れないでしょ？」

「俺は片時も緋奈《あかな》さんのこと忘れたことはありませんよ」

「やだ嬉しい。……でも、ちゃんと首輪は付けておかないと。勝手にご主人様《わたし》から離れないように。ちゃぁんとね」

「――っ！」

「だって、しゅうくんは私のものだから」

見つめてくる紺碧《こんぺき》の瞳に、覗《のぞ》いてはいけない感情を垣間見《かいまみ》た気がした。それは何かどす黒い、深く、浅ましく、醜い感情のような何か。もしかしたらそれを、人は愛情と呼ぶのかもしれない。

綺麗《きれい》な瞳に決して宿してはいけないドロドロの感情を覗かせる彼女は、目の前で情けなく喘《あえ》ぐことしかできない俺《ペット》を優しい表情で見下ろす。そして、それに刻み込んだ情熱的な愛情の印《キスマーク》を愛《いと》しそうに指先でなぞりながら、

「明日はキスマーク、隠して登校しないとだね」

クスッと嗤《わら》って、小悪魔は嬉しそうに紺碧の双眸を細めたのだった。

――エピローグ

――きらりと輝く青とピンクのイルカたちは、二人の絆《きずな》の証《あかし》。

「しゅう！　早くしないと食堂埋まっちゃうよ！　……あれ？　どうしたのその首の絆創膏《ばんそうこう》？」

「ん？　ちょっと蚊に刺されただけ」

「ぷっ。柊真《しゅうま》の血なんか吸っても美味《おい》しくないだろうに」

「俺よりガリガリなやつに言われたくないわっ！」

青のイルカは教室の片隅で揺れて。


「藍李《あいり》ー！　クレープ食べに行こー！」

「はいはい。あまり急《せ》かさないでよ」

「あれ？　藍李、そんなストラップ付けてたっけ？」

「ふふ。実はこれ、気になってる人からプレゼントされたの。可愛《かわい》いから鞄《かばん》に付けちゃった」

「え⁉　藍李好きな人できたの⁉　誰っ、誰っ⁉」

「それはなーいしょ」

ピンクのイルカは群青《ぐんじょう》の空を泳ぐ。


今はまだ、重なり合わない二つのイルカ。けれど、いつの日か必ず。

「(早く会いたいな。緋奈さんに)」

「(早くしゅうくんに会ってイチャイチャしたいな。キスマークもまた付けなきゃ)」

いつの日か必ず重なり合うことを信じて。

青とピンクのイルカたちは、今日も別々の場所できらりと光り輝く——。

特別章【やりたい放題の誕生日会】

――今日は、俺の世界で一番大切な人の記念日。

「緋奈さん！　お誕生日おめでとうございます！」

「……………」

6月17日。すっかり居心地慣れた恋人の家リビングにて。俺は誕生日を迎えた愛しの恋人、緋奈さんを盛大に祝うも、その当人はというと、「なんのこと？」とでも言いたげに小首を傾《かし》げていた。

「え⁉　なんか反応薄くないですか⁉」

もしかして誕生日間違えた⁉　と一人狼狽《ろうばい》していると、ハッと我に返った緋奈さんが大きく首を横に振った。

「ち、違うの！　今日はちゃんと私の誕生日だよ」

「よかったぁ。あまりに反応が薄かったから間違えたのかと思いましたよ」

ほっと胸を撫《な》でおろすと、緋奈さんが「でも」と不思議そうに小首を傾げた。

「どうして今日が私の誕生日だって分かったの？　私、しゅうくんにはまだ教えてなかったと思うんだけど……あっ。もしかして真雪《まゆ》から聞いたのかな？」

「その通りです。姉ちゃんが家でサプ……」

「サプ？」

「何でもないです！　姉ちゃんから聞きました！」

勢いよく首を縦に振って肯定する俺に、緋奈さんが若干引き気味で「そ、そう」と微苦笑を浮かべた。

「（あっぶねぇ。危うく姉ちゃんのサプライズ計画台無しにするところだった）」

上手《うま》く誤魔化せたかは微妙だけど、今のところは緋奈さんに気付かれている様子はなさそうなのでほっと安堵《あんど》の息を吐く。まぁ、これでバレたら確実に俺が戦犯になるけど。

俺が緋奈さんの誕生日を知れたのは数週間前。親友大好きな姉ちゃんが家で緋奈さんを喜ばせるべくサプライズ誕生日パーティーを計画していたその時に教えてもらった。

それからは俺も俺で緋奈さんの記念日を祝うべくショッピングモールを奔走したり我が家の女帝と悪魔の契約を交わしたりと忙《せわ》しない日々を過ごしていたのだが、その話は尺の都合で割愛させてもらう。

今はとにかく、正面にいる女性。大切なカノジョが生まれたこの日を心から祝いたい。

「改めて。お誕生日おめでとうございます。緋奈さん」

「――うん。ありがとう。しゅうくん」

紺碧の双眸《そうぼう》が愛おしげに細まって、慈愛に揺れる瞳が祝福を受け止める。

「(あぁ。今、緋奈さん。心の底から喜んでくれてる)」

緋奈さんと恋人になってから早一ヵ月。まだ俺たちの関係は仮のままだけど、それでも一緒の時間を過ごして、言葉を交わして、想《おも》いを共有して、愛情を重ねて、少しずつ彼女のことを理解してきたからこそ、その微笑《ほほえ》みが紛《まが》うことなく喜びを象《かたど》っているのだと判《わか》る。

だから俺も堪《たま》らなく嬉《うれ》しくなって、もっと緋奈さんを喜ばせたくなって、歓喜するこの鼓動に突き動かされるままに、『それ』を彼女に差し出した。

『それ』は、今の俺がこの日の為《ため》にアナタに捧《ささ》げられる最大の愛慕《あいぼ》の証《あかし》。

「緋奈さん。これ、ささやかなものだけど、俺からの誕生日プレゼントです」

「っ！　……わざわざ用意してくれたんだ」

「当たり前でしょう。だって、今の俺は緋奈さんのカレシなんですから」

「その言葉だけで、私はもう十分嬉しいんだけどな」

少し震える手で赤いリボンで飾られた白い箱を差し出すと、緋奈さんは驚いたように息を呑んだ。

数秒。緋奈さんはその場で硬直したまま俺が両手で持っている白い箱を見つめて、短い吐息のあとにようやくプレゼントを受け取ってくれた。

「ありがとう。しゅうくん。早速、開けてみてもいいかな?」

「もちろんです」

照れと緊張をはらみながら頷《うなず》けば、緋奈さんは丁寧にリボンを解き始めた。

ひゅるりと音を立ててリボンがカーペットに落ちて、彼女の手で箱が開かれる。

「——ネックレスだ」

ぽつりと、緋奈さんが呟《つぶや》いた名前こそが俺から彼女に贈る初めての誕生日プレゼント。

それは蒼《あお》く、燦然《さんぜん》と、凛々《りり》しく、そして美しく。

シルバーの縁取りに紺碧の水晶が塡《は》め込まれたネックレス。

「ど、どうでしょうか?」

「————」

感想を求めるも返事はなく、緋奈さんの意識がネックレスに注がれているのだと分かって思わず口許《くちもと》が緩んだ。

「あぁ、ダメだ。ただでさえしゅうくんから誕生日プレゼントを貰《もら》えるだけで嬉しいのに、それなのにこんな素敵なものを貰えるなんて、嬉しすぎてニヤけが止まらない」

「その反応だと、喜んでもらえたみたいです、かね」

「もう一生しゅうくんを離さないと決めたわ」

「誕生日プレゼント一つで愛が重くなりすぎてません⁉」

どこで緋奈さんの愛情が爆発したのか。その疑問は尽きないけど、まぁでもそこまで喜んでもらえたなら一生懸命選んだ甲斐《かい》があった。

「ねぇ、しゅうくん」

「は、はい。なんでしょうか」

「こんな、こんなに素敵な誕生日プレゼントをありがとう。貴方《あなた》のカノジョになれて心から幸せよ」

「――ふふ。こちらこそ」

ネックレスを大切そうに両手で抱きしめる緋奈さん。幸せだと言ってくれた彼女に、俺も釣られるように幸福を象《かたど》った笑みをこぼすのだった。

誕生日といえばプレゼントの他に欠かせないのがケーキだろう。

「んん！　このケーキ美味しいね！」

「えへへ。緋奈さんのお口に合ってなによりです」

ということで現在、俺と緋奈さんは恋人同士仲良く甘いケーキを食べていた。

悪魔との契約で聞き出した人気スイーツ店。そこのイチゴのショートケーキを誕生日ケーキとして選んだが、どうやら気に入ってくれたご様子で一安心だ。

「素敵なネックレスに美味しいケーキまで用意してもらって、今日はずっとしゅうくんに幸せにさせてもらってるなぁ」

「なに言ってるんですか。俺の方こそいつも緋奈さんに甘やかしてもらって感謝してるんですから、これくらいやって当然ですよ。むしろ、まだ足りないくらいです」

「ふふ。それじゃあ、お言葉通りしゅうくんにお願いしちゃおうかな」

「緋奈さんのお願いならなんでも聞きますよ……あ、でもえっちなのはナシですからね」

「分かってる。ルールに触れないやつ。それならいいんでしょ?」

「……なんか嫌な予感がするんですけど」

「気のせいだよ」

ジト目で睨《にら》めばにこっと笑って誤魔化された。

付き合ってから一ヵ月ほど経過して少しずつ緋奈さんのことが判ってきたけど、こういう何か企《たくら》んでる顔のときは大抵ロクなことにならない。

すこし身構える俺に、不敵な笑みを浮かべる緋奈さんが要求してきたのは、

「あーんして欲しいな」

「……え、それだけですか？」

想像していたよりも真っ当な要求に、俺は思わず呆気《あっけ》に取られる。

「うん。あ、それともしゅうくんは口移しのほうがいいのかな？」

「あーんがいいです！　緋奈さんにあーんさせてください！」

口移しなんてそんな高度かつマニアックなプレイなんかできるか！　と胸中で全力で叫びながら緋奈さんの要求に応える。

平伏する俺に緋奈さんが呟いた「それは来年ね」という恐ろしい宣告は聞かなかったことにして。

「（まぁ、あーんくらいなら何度か経験してるし大丈夫だろ）」

それが慣れているかは別としてだけど。

上機嫌に鼻歌を歌いながら着々とあーんの準備を進める緋奈さんを眺めながら、俺は段々と高鳴っていく心臓の鼓動に小さく舌打ちする。

平常心、平常心、そう幾度となく騒がしさを増す心臓に訴えるも、されど心音は増していくばかりで。

「それじゃあ、しゅうくん。私にあーんしてください」

「……っす」

小さく切られたケーキが載ったフォークを渡され、いよいよ逃げられないことを悟る。

心臓の鼓動は誕生日プレゼントを贈った時以上に喧噪《けんそう》を増し、顔が熱くなってフォークを抓《つま》む指が震える。

目前には美の極致《きょくち》とも呼べる相貌がそわそわしながらケーキが口に運ばれるのを楽しみに待っていて、小さく開けた口が無性に背徳感を煽《あお》ってくる。

ドクドク、いや、ドキドキか。心臓の騒がしさをBGMに、俺はゆっくりとフォークを彼女の口許に近づけていく。

そして、

「あ、あーん」

「くすっ。あーん」

ほんのりと赤く染まった頬が健気《けなげ》な年下カレシをからかうように、ぱくっ、と愛らしい音を奏《かな》でて差し出したケーキを食べた。

「えへへ。すごく甘い」

「し、死ぬほど恥ずかしい！」

ぽつりと零《こぼ》れた感想ははたしてケーキの味か。あるいは、この行為か。

その答えは全部。彼女のすこし赤く染まった頬とはにかんだ笑みに表れていて。

抑えきれず爆発する羞恥心に全身をぷるぷると震わせていると、

「じゃあ、次は私の番だね」

「――え」

胸やけするほどの甘い時間を乗り越えて一安心した瞬間だった。

まさかの延長戦突入に、俺は小悪魔のような笑みを浮かべるカノジョに慌てて首を横に振った。

「お、俺までしてもらう必要はな――」

「いいから。お口、開けなさい」

あ、これ俺に拒否権ないやつだ。

「うぐ……でも」

「カノジョの言うことを聞かない悪いカレシにはお仕置きしちゃうよ？」

「い、一体何をするつもりですか⁉」

「他の人に絶対に気付かれる位置にキスマークを残しまーす」

私たちの関係が真雪にバレたら大変だね、と小悪魔な笑みを浮かべながら脅してくる緋奈さん。

これはきっとあーんするまで絶対に引かないやつだ。それを緋奈さんの態度から読み取って、俺は深いため息をこぼした。

「分かりましたよ。大人しく従います」

「ふふ。素直でよろしい」

「どうせ嫌だって言ってもするんでしょ?」

「本気でしゅうくんが嫌がることなら私はしないよ。でも……」

そこで意図的に言葉を区切って、緋奈さんは俺のことをジッと見つめてくる。

「私知ってるから。しゅうくんが私にされて嫌なことはないって」

「──っ」

「もっと具体的に言えば、私に恋人っぽいことしてもらえるのはご褒美《ほうび》だと思ってるでしょ?」

「……ノーコメントで」

「ふふ。しゅうくんは相変わらず分かりやすいなぁ」

真っ赤になった顔を腕で隠せば、緋奈さんはそんな俺の露骨な態度に「ほらね」と嬉しそうに笑った。

それから、お互いの距離が一歩縮まって、緋奈さんが慣れた手つきでケーキをフォークで切り分けていく。

ほどなくして緋奈さんが俺の目前にケーキを載せたフォークを差し出してきて、期待と高揚を宿した瞳で見つめてきながら促してくる。

「はい。あーん」

「…………」

やっぱり緋奈さんには勝てないな、と思わず苦笑いがこぼれて。

結局はカノジョに甘えてしまう——いや、死ぬほど甘やかしてくる彼女に心を奪われながら、俺は大きく口を開けた。

「あーん」

「ふふ。よくできました」

「めちゃくちゃ甘いです」

顔が燃えてるのかと錯覚するほど熱くなっている。舌に広がるクリームの甘さ以上に糖度の高い彼女の甘さに胸やけしそうになる。

それなのに、この時間はどこまでも心地よくて——

「あ、ごめん、しゅうくん。ほっぺにクリーム付いちゃった」

「え？　本当ですか」

「うん。口許《くちもと》の端っこに」

　緋奈さんにそう指摘されて、俺は慌てて口に付いているらしいクリームを拭き取ろうとしてテーブルに置かれたティッシュに手を伸ばした、その時だった。

「じっとしてて。今取ってあげるから」

「いいですよ。そのくらい自分で取れますから……」

「動いちゃだーめ」

　甘い声音の命令に身体《からだ》が条件反射で硬直して、俺が戸惑う間にもその距離をグッと縮めていた。

　緋奈さんは鼻と鼻がこつんとぶつかるほどに顔の距離を詰めてきて、何か、抑えきれない感情の片鱗《へんりん》でも覗《のぞ》かせるように熱い吐息を頰に当ててきた。

　これってまさか――紺碧《こんぺき》の双眸《そうぼう》が一層鋭く細くなった様を捉えて、彼女の思考を理解したのとそれはほぼ同時。

「ほっぺ。綺麗《きれい》にしてあげるね――はぁむ」

「ひゃんっ!?」

　自分の頰……いや口許に、二つの柔らかな肉の感触が押し付けられた。

唇だ。紅く艶《つや》があって、見れば情欲をそそられるほどに艶やかな彼女の唇。

その事実を理解するのに数秒掛かって、そして状況を飲み込めば今度は彼女のあまりに突拍子もない行動に身体が驚愕《きょうがく》で硬直する。

そんな俺を余所《よそ》に、緋奈《あかな》さんは声音を弾ませて唇を押し当て続けていた。

「はぁむ。んっ、綺麗に舐《な》めとってあげるから、大人しくしててね」

「ちょ、あ、緋奈さん……っ」

何度かついばむように。けれど次第に勢いを増して、ほとんどキスと変わらない長さで唇を押し付けてくる。

「キスじゃないし何も問題ないでしょ？」

「いやこれもうほとんどキスと変わらな――」

「こーら。暴れないの。そんなに暴れたら――」

カシャン。とフォークがテーブルから落ちる音がすぐ傍《そば》で聞こえた。

「あーあ。しゅうくんが暴れるから、こんなところにもクリームが付いちゃったよ？」

緋奈さんを止めようとして体勢を崩して――いや、体勢を崩した拍子に緋奈さんに押し倒された。

俺の胸板に右手を置いて、艶《なま》めかしく舌舐めずりする。それから太ももにわざとらしく自分の足を絡《から》めてくる緋奈さんが俺のことを見下ろしてくる。

そのあまりに扇情的な光景に思わず生唾を飲み込んでしまう。そして、その挙動が自分が〝続き〟を期待していると彼女に勘違いさせてしまった。

「ふふ。素直でよろしい」

「──ちがっ」

違う、と否定しようとするも緋奈さんは聞く耳を持たず。

「ちゃぁんと、首も綺麗にしてあげるからね」

「絶対にそんなとこに付いてないでしょっ⁉」

「はぁむ」

「全然人の話聞いてくれない⁉　……っ！」

爛々《らんらん》と目を輝かせて迫り、熱く荒い吐息を繰り返して緋奈さんは首筋に狙いを定める。

そして、そのままご馳走《ちそう》にでもありつくかのように首筋に甘く噛みついた。

「ふへへ。ちゅぱっ……はぁむ、ちゅむぅ……しゅうくんの首、とっても甘い」

「あ、あかなひゃ、ん……」

「好き。好き。しゅうくん。好き」

あー。ダメだこれ。緋奈さん、完全にスイッチ入っちゃってる。

理性のタガでも外れたかのように、緋奈さんは首筋に唇を強く押し付けて噛みついたり舌で舐めたり好き勝手に俺を貪《むさぼ》っていた。

「今日は、私の誕生日……だから、いつもより強く、キスマーク残しても、いいよね？」

「……どうせっ、止まってってお願いしても、無駄なんでしょ？」

「ふふ」

——よく分かってらっしゃる。そう言いたげに緋奈さんは双眸を細めた。

一度でもスイッチが入ったら緋奈さんは絶対に止まらない。それをこの一ヵ月で嫌というほど身体に刻み込まれた俺に、その要求を拒める術《すべ》はなくて。

「今日は緋奈さんの誕生日ですから。だから、特別です。緋奈さんが満足するまで俺の身体好きにしていいですよ。どこでも好きな所にキスマーク残してください」

「えへへ。しゅうくんなら絶対にそう言ってくれると思った」

「調子いいんですから全く」

「そんな私は嫌い？」

「——はぁ。言わなくても分かるでしょ」

「しゅうくんの口から直接聞きたいな」

「好きです」

「へへ。私も。大好きだよ。しゅうくん」

愛らしく笑って。

それからまた。

緋奈さんは俺に刻み込もうとする。

「じゃあ、しゅうくんからの許可も下りたので、続き、するね」

宣言して。わざとらしく熱い吐息を首筋に当ててから、

「はぁむ、ちゅうぅ」

「くはっ……（キスマーク付けられてるだけなのに、なんでこんなにいけないことしてる感覚になるんだろ。……この人がエロすぎるせいか）」

蛸《たこ》の吸盤のように上唇と下唇で首筋に吸い付いて、吸血鬼みたいに犬歯で噛みついて、大蛇のように舌を這《は》わせる。

荒波の如《ごと》く押し寄せてくる快楽に必死に抗《あらが》いながら、俺は俺に貪りつく女性の表情を見た。

「しゅうくんの味……美味《おい》しい……好き……全部好き。この味も匂いも……もっと、もっと味わいたい……足りない……我慢してた分、もっと食べさせて……ちゅむぅ」

息を荒くさせ、頬を上気させ、陶然《とうぜん》とした目にはうっすらと狂気が垣間《かいま》見《み》えて。

妖艶《ようえん》。今の緋奈さんには、その言葉が何より相応《ふさわ》しかった。

凛々《りり》しさの中に愛らしさが。愛らしさの中に妖艶さが。妖艶さの中に、得体の知れない狂気を感じて。

あぁ、これが発情した女の人の顔なんだと、ゾクッと背筋が震えた。

「――ぷっはぁ」

「はぁはぁ。ご満足いただけましたかね？」

荒い息を繰り返しながら名残惜しそうに首筋から離れていく唇に、俺もまた荒い息遣いを繰り返しながら問いかければ、緋奈さんはゆるゆると首を横に振った。

「ううん。まだまだ付け足りない」

「あれだけ猛烈に付けておいてまだ足りないんですか⁉」

「好きにしていい、って言ったのはしゅうくんだよ。それに、今週は色々あったし……だから、ね？　もうちょっとだけ、しゅうくんにキスマーク残したいな」

そんな風におねだりされたら断れるものも断れないじゃん。それに好きにしていいとも言っちゃったし、そもそも緋奈さん止まる気なさそうだし。

目を爛々《らんらん》と輝かせて期待を注いでくるカノジョに俺はやれやれとため息を落とす。

「(保《も》ってくれよ。俺の理性)」

欲望と理性の天秤《てんびん》は前者に大きく傾いている。すでに理性が崩壊しかけて身体の一部が言うことを聞いてない。

それでも。

カレシの首筋に首輪《キスマーク》を付けたい。それが、可愛《かわい》いカノジョの誕生日のお願い事なら、それに応えるのがカレシの務めだと思うから。

「しゅうくん。もう今日はキスマーク付けちゃだめ？」

「可愛くおねだりしてくるの本当にズルいです……」

「もっといっぱい、しゅうくんにキスマーク残したいな」

もう待ちきれなくなって荒く熱い息を繰り返しながら問いかけてくる緋奈さん。そんな欲望全開な彼女に、俺は諦観を悟ったように乾いた笑みを浮かべて、

「言ったでしょ。緋奈さんが満足するまで、俺にキスマーク付けていいって」

「それじゃあ！」

「どうぞ好きに付けてください。俺は緋奈さんのものだっていう、真っ赤な情熱の証《キスマーク》を」

「ふふ。言質《げんち》いただきました」

頷《うなず》いた俺に、緋奈さんが「やったぁ」と舌舐めずりする。そして艶《あで》やかに浮かび上がった微笑は、彼女が俺に向ける愛情、その深さと異常さを物語っていて。

「……首、うなじ、胸板、お腹《なか》に腕……今日は全部に付け放題とか、最高以外の何ものでもないなぁ。理性保《たも》てるかな、私」

「ちゃんと理性だけは保ってくださいね」

「しゅうくんもね」

「本当にそうなんだよなぁ」

お互いにこれから始まるご褒美《ほうび》タイムに高揚と不安を抱く。

俺はどちらかといえば不安が勝り、片や緋奈さんはというと、

「ふへへ。楽しみだね。これが終わったあと、私たちがどうなってるのか」

このご褒美タイムの果てに待ち受けている未来に想いを馳《は》せていた。

「しゅうくん」

「な、なんすか」

不意に名前を呼ばれて、恐る恐る応じる。緋奈さんと無言のまま数秒見つめ合ったあと、やがて彼女はにこっと笑って。

「我慢できなくなったら、私のこと、遠慮なく押し倒していいからね」

「いや絶対に耐えきってみせ……」

「それじゃあ、そろそろ続き再開するね——はぁむ」

これは我慢比べなのか。あるいは、ただ恋人の誕生日にイチャついているだけなのか
——その答えは、緋奈さんの表情《カオ》が示していて。

「(あぁ。緋奈さんのその表情、くせになりそう)」

かくして。緋奈さんと恋人になって初めて過ごす緋奈さんの誕生日は、俺の新しい性癖の開花と全身キスマークまみれで幕を閉じたのだった——

「しゅうくん」

「はぁ、はぁ……なんでしょうか」

「来年は、これ以上のことしようね」

「それは、今後の俺たちの関係に乞うご期待ということで?」

「ふふ。楽しみだね。これからの私たちがどうなっていくのか」

俺と緋奈さんの恋物語は、まだまだ始まったばかりだ。

「うひゃん!」

あとがき

色々詰めに詰め込んだ結果。あとがきが2Pしか書けな――――いっ！

どうも皆さん、初めまして。結乃拓也《ゆのたくや》です。そしていきなりはしゃいでごめんなさい。

えー。本当はもっと色々なことをこの場で綴《つづ》りたいんですけどね。冒頭で言った通り、あとがきを書ける量が限られているので、今回は『ひとあま』一巻の感想をメインに語っていきたいと思います。自己紹介はまた次巻以降かな！

はいっ。ということでね。あとがきまで辿《たど》り着いた読者さん。どうでしたか、ひとあまは。読み応えはありましたか？　緋奈《あかな》さんは可愛《かわい》かったですか？　緋奈さんにぐいぐい責められて顔を真っ赤にしまくるしゅうくん。可愛かったでしょ？

ひとあまはざっくり説明すると『主人公が姉ちゃんの親友に恋をする話』です。

しかもその親友が超がつくほどの美人さんで、学校一の美女で、男なら誰もが魅了《みりょう》されてしまう、まさに魔性のような存在。

平々凡々なしゅうにとっては決して届くことのない高嶺《たかね》の花――かと思いきや、好きになった相手にはとことん積極的になり、あの手この手を尽くしてしゅうを堕《お》としにやってくる、若干痴女《ちじょ》っ気の強い女性だったわけですね！　……緋奈さんマジやべぇ。

一巻はしゅうと緋奈さんの馴《な》れ初《そ》めを中心に描きつつ、書き下ろしはそんな二人の関係性がすこし進んだ先のお話を描かせて頂きました。どうでした？　最後の緋奈さん、とってもエッチで小悪魔だったでしょ？　これがまだ序の口なんだぜ？

あ、そうそう。エッチといえばキスマークなんですけど、あれはどう規制《ルール》を潜《くぐ》り抜けてエッチな表現をするか熟考の末に編《あ》み出した妙案で――えっ？　尺が足りない？　もう締め？　柚葉《ゆずは》の話は……また今度？　二巻に期待？

結《むす》びに。『ひとあま』イラストを担当して下さった葛坊煽《くずまちあおる》様。この度は素敵なイラストを仕上げて頂き誠にありがとうございました。最初に見せて頂いた藍李《あいり》さんのキャラデザ。ほんっとに神過ぎて、密《ひそ》かにスマホの待ち受けにしてました。あれはやべぇよ。まさに人をオタクにさせる一枚でしたわ。

改めて、魅力的なイラストを沢山描いて頂き、本当にありがとうございます！

……はい！　ということで、もう尺がないので今回はここまで！　『ひとあま』、気に入ったら是非応援してくださいね！　それじゃあバイバイ！　……次回から、あとがき書く余白ちゃんと残しておこ。

富士見ファンタジア文庫

一《ひと》つ年上《としうえ》で姉《あね》の友達《ともだち》の美《び》人《じん》先輩《せんぱい》は俺《おれ》だけを死《し》ぬほど甘《あま》やかす。

令和6年12月20日　初版発行

著者——結乃拓也《ゆのたくや》

発行者——山下直久

発　行——株式会社KADOKAWA
〒102-8177
東京都千代田区富士見2-13-3
0570-002-301（ナビダイヤル）

印刷所——株式会社暁印刷

製本所——本間製本株式会社

※定価はカバーに表示してあります。
●お問い合わせ
https://www.kadokawa.co.jp/（「お問い合わせ」へお進みください）
※内容によっては、お答えできない場合があります。
※サポートは日本国内のみとさせていただきます。
※Japanese text only

ISBN978-4-04-075733-9 C0193 ◇◇◇

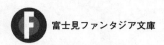

切り拓け！キミだけの王道
ファンタジア大賞
原稿募集中！
賞金
《大賞》300万円
《金賞》50万円
《銀賞》30万円
選考委員
細音啓「キミと僕の最後の戦場、あるいは世界が始まる聖戦」
橘公司「デート・ア・ライブ」
羊太郎「ロクでなし魔術講師と禁忌教典《アカシックレコード》」
ファンタジア文庫編集長
前期締切 8月末日
後期締切 2月末日
公式サイトはこちら！ https://www.fantasiataisho.com/
イラスト／つなこ 猫鍋蒼 三嶋くろね